Lendas e Narrativas

Tomo II

Alexandre Herculano

Lendas e Narrativas – Tomo II
Copyright © JiaHu Books 2017
First Published in Great Britain in 2017 by JiaHu Books – part of
Richardson-Prachai Solutions Ltd, 434 Whaddon Way, MK3 7LB
ISBN: 978-1-78435-216-5
A CIP catalogue record for this book is available from the British
Library
Visit us at: jiahubooks.co.uk

Trova Primeira, Capítulo 1

Vós os que não credes em bruxas, nem em almas penadas, nem em tropelias de Satanás, assentai-vos aqui ao lar, bem juntos ao pé de mim, e contar-vos-ei a história de D. Diogo Lopes, senhor de Biscaia.

E não me digam no fim: — "não pode ser." — Pois eu sei cá inventar coisas destas? Se a conto, é porque a li num livro muito velho. E o autor do livro velho leu-a algures ou ouviu-a contar, que é o mesmo, a algum jogral em seus cantares.

É uma tradição veneranda; e quem descrê das tradições lá irá para onde o pague.

Juro-vos que, se me negais esta certíssima história, sois dez vezes mais descridos do que S. Tomé antes de ser grande santo. E não sei se eu estarei de ânimo de perdoar-vos como Cristo lhe perdoou.

Silêncio profundíssimo; porque vou principiar.

II

D. Diogo Lopes era um infatigável monteiro: neves da serra no inverno, sóis dos estevais no verão, noites e madrugadas, disso se ria ele.

Pela manhã cedo de um dia sereno, estava D. Diogo em sua armada, em monte selvoso e agreste, esperando um porco montês, que, batido pelos caçadores, devia dar naquela assomada. Eis senão quando começa a ouvir cantar ao longe: era um lindo, lindo cantar.

Levantou os olhos para uma penha que lhe ficava fronteira: sobre ela estava assentada uma formosa dama: era a dama quem cantava.

O porco fica desta vez livre e quite; porque D. Diogo Lopes não corre, voa para o penhasco.

"Quem sois vós, senhora tão gentil; quem sois, que logo me cativastes?

"Sou de tão alta linhagem como tu; porque venho do semel de reis, como tu senhor de Biscaia."

"Se já sabeis quem eu seja, ofereço-vos a minha mão, e com ela as minhas terras e vassalos."

"Guarda as tuas terras, D. Diogo Lopes, que poucas são para seguires tuas montarias; para o desporto e folgança de bom cavaleiro que és. Guarda os teus vassalos, senhor de Biscaia, que poucos são eles para te baterem a caça."

"Que dote, pois, gentil dama, vos posso eu oferecer digno de vós e de mim; que se a vossa beleza é divina, eu sou em toda a Espanha o rico-homem mais abastado?"

"Rico-homem, rico-homem, o que eu te aceitaria em arras coisa é de pouca valia; mas, apesar disso, não creio que mo concedas; porque é um legado de tua mãe, a rica-dona de Biscaia."

"E se eu te amasse mais que a minha mãe, por que não te cederia qualquer dos seus muitos legados?"

"Então, se queres ver-me sempre ao pé de ti, não jures que farás o que dizes, mas dá-me disso a tua palavra."

"A la fé de cavaleiro, não darei uma; darei milhentas palavras."

"Pois sabe que para eu ser tua é preciso esqueceres-te de uma coisa que a boa rica-dona te ensinava em pequenino e que, estando para morrer, ainda te recordava."

"De que, de que, donzela? acudiu o cavaleiro com os olhos chamejantes. — De nunca dar tréguas à mourisca, nem perdoar aos cães de Mafamede? Sou bom cristão. Guai de ti e de mim, se és dessa raça danada!"

"Não é isso, dom cavaleiro — interrompeu a donzela a rir. — O de que eu quero que te esqueças é o sinal da cruz: o que eu quero que me prometas é que nunca mais hás-de persignar-te."

"Jsso agora é outra coisa" — respondeu D. Diogo, que nos folgares e devassidões perdera o caminho do céu. E pôs-se um pouco a cismar.

E, cismando, dizia consigo: — De que servem benzeduras? Matarei mais duzentos mouros e darei uma herdade a Santiago. Ela por ela. Um presente ao apóstolo e duzentas cabeças de cães de Mafamede valem bem um grosso pecado.

E, erguendo os olhos para a dama, que sorria com ternura, exclamou: — "Seja assim: está dito. Vá, com seiscentos diabos."

E, levando a bela dama nos braços, cavalgou na mula em que viera montado.

Só quando, à noite, no seu castelo, pôde considerar miudamente as formas nuas da airosa dama, notou que tinha os pés forcados como os de cabra.

III

Dirá agora alguém: — Era, por certo, o demônio que entrou em casa de D. Diogo Lopes. O que lá não iria! Pois sabei que não ia nada.

Por anos, a dama e o cavaleiro viveram em boa paz e união. Dois argumentos vivos havia disso: Inigo Guerra e Dona Sol, enlevo ambos de seu pai.

Um dia de tarde, D. Diogo voltou de montear: trazia um javali grande, muito grande. A mesa estava posta. Mandou conduzi-lo ao aposento onde comia, para se regalar de ver a excelente preia que havia preado.

Seu filho assentou-se ao pé dele: ao pé da mãe Dona Sol; e começaram alegremente seu jantar.

"Boa montaria, D. Diogo — dizia sua mulher. Foi uma boa e limpa caçada."

"Pelas tripas de Judas! — respondeu o barão. Que há bem cinco anos não colho urso ou porco montês que este valha!"

Depois, enchendo de vinho o seu pichel de prata mui rico e lavrado, virou-o de golpe à saúde de todos os ricos-homens fragueiros e monteadores.

E a comer e a beber durou até a noite o jantar.

IV

Ora deveis de saber que o senhor de Biscaia tinha um alão a quem muito queria, raivoso no travar das feras, manso com seu dono e, até, com os servos de casa.

A nobre mulher de D. Diogo tinha uma podenga preta como azeviche, esperta e ligeira que mais não havia dizer, e dela não menos prezada.

O alão estava gravemente assentado no chão defronte de D. Diogo Lopes, com as largas orelhas pendentes e os olhos semicerrados, como quem dormitava.

A podenga negra, essa corria pelo aposento viva e inquieta, pulando como um diabrete: o pêlo liso e macio reluzia-lhe com um reflexo avermelhado.

O barão, depois da saúde urbi et orbi feita aos monteiros, esgotava um quírie comprido de saúdes particulares, e a cada nome uma taça.

Estava como cumpria a um rico-homem ilustre, que nada mais tinha que fazer neste mundo, senão dormir, beber, comer e caçar.

E o alão cabeceava, como um abade velho em seu coro, e a podenga saltava.

O senhor de Biscaia pegou então de um pedaço de osso com sua carne e medula e, atirando-o ao alão, gritou-lhe: — "Silvano, toma lá tu, que és fragueiro: leve o diabo a podenga, que não sabe senão correr e retouçar."

O canzarrão abriu os olhos, rosnou, pôs a pata sobre o osso e, abrindo a boca, mostrou os dentes anavalhados. Era como um rir deslavado.

Mas logo soltou um uivo e caiu, perneando meio morto: a podenga, de um pulo, lhe saltara à garganta, e o alão agonizava.

"Pelas barbas de D. From, meu bisavô! — exclamou D. Diogo, pondo-se em pé, trêmulo de cólera e de vinho. —A perra maldita matou-me o melhor alão da matilha; mas juro que hei-de escorchá-la." E, virando com o pé o cão moribundo, mirava as largas feridas do nobre animal, que expirava.

"A la fé que nunca tal vi! Virgem bendita. Aqui anda coisa de Belzebu." — E dizendo e fazendo, BENZIA-SE E PERSIGNAVA-SE.

"Ui!"— gritou sua mulher, como se a houveram queimado. O barão olhou para ela: viu-a com os olhos brilhantes, as faces negras, a boca torcida e os cabelos eriçados.

E ia-se alevantando, alevantando ao ar, com a pobre D. Sol sobraçada debaixo do braço esquerdo: o direito estendia-o por cima da mesa para seu filho, D. Inigo de Biscaia.

E aquele braço crescia, alongando-se para o mesquinho, que, de medo, não ousava bulir nem falar.

E a mão da dama era preta e luzidia, como o pêlo da podenga, e as unhas tinham-se-lhe estendido bem meio palmo e recurvado em garras.

"Jesus, santo nome de Deus!" bradou D. Diogo, a quem o terror dissipara as fumaças do vinho. E, travando de seu filho com a esquerda fez no ar com a direita, uma e outra vez, o sinal da cruz.

E sua mulher deu um grande gemido e largou o braço de Inigo Guerra, que já tinha seguro, e, continuando a subir ao alto, saiu por uma grande fresta, levando a filhinha que muito chorava.

Desde esse dia não houve saber mais nem da mãe nem da filha. A podenga negra, essa sumiu-se por tal arte, que ninguém no castelo lhe tornou a pôr a vista em cima.

D. Diogo Lopes viveu muito tempo triste e aborrido, porque já não se atrevia a montear. Lembrou-se, porém, um dia de espairecer sua tristura, e, em vez de ir à caça dos cerdos, ursos e zebras, sair à caça de mouros.

Mandou, pois, alevantar o pendão, desenferrujar e polir a caldeira, e provar seus arneses. Entregou a Inigo Guerra, que já era mancebo e cavaleiro, o governo de seus castelos, e partiu com lustrosa mesnada de homens d'armas para a hoste del-rei Ramiro, que ia em fossado contra a mourisma de Espanha.

Por muito tempo não houve dele, em Biscaia, nem nvas nem mensageiros.

8

Trova Segunda, Capítulo 1

Era um dia ao anoitecer: D. Inigo estava à mesa, mas não podia cear, que grandes desmaios lhe vinham ao coração. Um pagem muito mimoso e privado, que, em pé diante dele esperava seu mandar, disse então para D. Inigo: "Senhor, por que não comeis?"

"Que hei-de eu comer, Brearte, se meu senhor D. Diogo está cativo de mouros, segundo rezam as cartas que ora dele são vindas?"

"Mas seu resgate não é a vossa mofina: dez mil peões e mil cavaleiros tendes na mesnada de Biscaia: vamos correr terras de mouros: serão os cativos resgate de vosso pai.

"O perro del-rei de Leão fez sua paz com os cães de Toledo e são eles que têm preado meu pai. Os condes e potestades do rei tredo e vil não deixariam passar a boa hoste de Biscaia."

"Quereis vós, senhor, um conselho, e não vos custará nem mealha?"

"Dize, dize lá, Brearte."

"Por que não ides à serra procurar vossa mãe? Segundo ouço contar aos velhos, ela é grande fada."

"Que dizes tu, Brearte? Sabes quem é minha mãe e que casta é de fada?"

"Grandes histórias tenho ouvido do que se passou certa noite neste castelo: éreis vós pequenino, e eu ainda não era nada. Os porquês destas histórias, isso Deus é que os sabe."

"Pois dir-tos-ei eu agora. Chega-te para cá, Brearte."

O pagem olhou de roda de si, quase sem o querer, e chegou-se para seu amo: era a obediência e, ainda mais, certo arrepio de medo que o faziam chegar.

"Vês tu, Brearte, aquela fresta entaipada? Foi por ali que minha mãe fugiu. Como e por que, aposto que já to hão contado?

"Senhor, sim! Levou vossa irmã consigo..."

"Responder só ao que pergunto! Sei isso. Agora cala-te."

O pagem pôs os olhos no chão, de vergonha; que era humildoso e de boa raça.

II

E o cavaleiro começou o seu narrar:

"Desde aquele dia maldito, meu pai pôs-se a cismar: e cismava e amesquinhava-se, perguntando a todos os monteiros velhos se, porventura, tinham lembrança de haverem no seu tempo encontrado nas brenhas alguns medos ou feiticeiras. Aqui foi um não acabar de histórias de bruxas e almas penadas.

Havia muitos anos que meu senhor pai se não confessava: alguns

9

havia, também, que estava viúvo sem ter enviuvado.

Certo domingo pela manhã, nasceu alegre o dia, como se fora de páscoa; e meu senhor D. Diogo acordou carrancudo e triste, como costumava.

Os sinos do mosteiro, lã embaixo no vale, tangiam tão lindamente, que era um céu aberto. Ele pôs-se a ouvi-los e sentiu uma saudade que o fez chorar.

"Irei ter com o abade disse ele lã consigo — quero confessar-me. Quem sabe se esta tristura ainda é tentação de Satanás?"

O abade era um velhinho, santo, santo, que não o havia mais.

Foi a ele que se confessou meu pai. Depois de dizer "mea culpa", contou-lhe ponto por ponto a história do seu noivado.

"Ui! filho — bradou o frade — fizeste maridança com uma alma penada!"

"Alma penada, não sei — tornou D. Diogo; — mas era coisa do diabo".

"Era alma em pena: digo-to eu, filho — replicou o abade. — Sei a história dessa mulher das serras. Está escrita há mais de cem anos na última folha de um santoral godo do nosso mosteiro. Desmaios que te vêm ao coração pouco me espantam. Mais que ânsias e desmaios costumam roer lá por dentro os pobres excomungados."

"Então, estou eu excomungado?"

"Dos pés até à cabeça; por dentro e por fora; que não há que dizer mais nada."

E meu pai, a primeira vez na sua vida, chorava pelas barbas abaixo.

O bom do abade animou-o, como a nina criança; consolou-o, como a um mal-aventurado. Depois pôs-se a contar a história da dama das penhas, que é minha mãe... Deus me salve!

E deu-lhe por penitência ir guerrear os perros sarracenos por tantos anos quantos vivera em pecado, matando tantos deles quantos dias nesses anos tinham corrido. Na conta não entravam as sextas-feiras, dia da paixão de Cristo, em que seria irreverência trosquiar a vil relé de agarenos, coisa neste mundo mui indecente e escusada.

Ora a história da formosa dama das serras, de verbo ad verbum, como estava na folha branca do santoral, rezava assim, segundo lembranças do abade.

III

No tempo dos reis godos bom tempo era esse! havia em Biscaia um conde, senhor de um castelo posto em montanha fragosa, cercado pelas encostas e quebradas de larguíssimo soveral. No soveral havia todo o gênero de caça, e Argimiro o Negro (assim se chamava o rico-homem) gostava, como todos os nobres barões de Espanha, principalmente de três coisas boas segundo a carnalidade: da guerra, do vinho e das damas; mas ainda mais do que de tudo isso, gostava de montear.

Dama, possuía-a formosa, que era a linda condessa; vinho, não havia melhor adega que a sua; caça, era coisa que na selva não faltava.

Seu pai, que fora caçador e fragueiro, quando estava para morrer, chamou-o e disse-lhe:

"Hás me de jurar uma coisa que não te custará nada." Argimiro jurou que faria o que seu pai e senhor lhe ordenasse.

"É que nunca mates fera em cama e com cria, seja urso, javali ou veado. Se assim o fizeres, Argimiro, nunca nas tuas selvas e devesas faltará em que exercites o mais nobre mister de um fidalgo. Além disso, se tu souberas o que um dia me aconteceu... Escuta-me que é um horrendo caso...

O velho não pôde acabar; porque a morte lhe cravou neste momento as garras. Murmurou algumas palavras emperradas, revirou os olhos e feneceu. Deus seja com a sua alma!

Passaram depois anos: certo dia chegou ao castelo do moço conde um mensageiro del-rei Wamba. Chamava-o el-rei a Toledo para o acompanhar com sua mesnada contra o rebelde Paulo. Os outros nobres-homens das cercanias eram, como ele, chamados.

Antes, porém, de partirem, ajuntaram-se todos no castelo de Argimiro para fazerem uma grande montaria, com mais de cem alãos, sabujos e lebréus, cinqüenta monteiros, e moços de besta sem conto. Era uma vistosa caçada.

Saíram no quarto d'alva: correram vales e montes: bateram bosques e matos. Era, contudo, meio-dia e ainda não haviam alevantado porco, urso, zebra ou veado. Blasfemavam de sanha os cavaleiros, praguejavam e depenavam as barbas.

Argimiro, que, por longa experiência, conhecia os sítios mais profundos da espessura, sentiu lã por dentro uma tentação do diabo.

"Os meus hóspedes, pensava ele, não partirão sem beberem alguns canjirões de vinho sobre uma ou duas peças de caça. Juro-o por alma de meu pai."

E, seguido de alguns monteiros, com suas trelas de cães, afastou-se da companhia e deu a andar, a andar, até que se lançou por um vale abaixo.

O vale era escuro e triste: corria pelo meio unia ribeira fria e mal-assombrada. As bordas da ribeira eram penhascosas e faziam muitas quebradas.

Argimiro chegou à primeira volta do rio; parou, pôs-se a olhar de roda e achou o que procurava. Abria-se uma caverna na encosta fragosa, que descia até a estreita senda da margem por onde o cavaleiro caminhava. Argimiro entrou na boca da cova e, a um aceno, entraram após ele monteiros, moços de besta, alãos, sabujos e lebréus, fazendo grande matinada.

Era o covil de um onagro: a fera deu um gemido e, deixando as suas crias, estendeu-se no chão e abaixou a cabeça, como quem suplicava.

"A ela!" — gritou Argimiro, mas gritou voltando a cara.

A matilha saltou no pobre animal, que soltou outro gemido e caiu todo ensangüentado.

Uma voz soou então nos ouvidos do conde, e dizia: —"Órfãos ficaram os cachorrinhos do onagro: mas pelo onagro tu ficarás desonrado."

"Quem ousa aqui falar agouros?" — gritou o rico-homem, olhando iroso para os monteiros. Todos guardavam silêncio; mas todos estavam pálidos.

Argimiro pensou um momento: depois, saindo da cova, murmurou: — "Vá com mil Satanases!"

E, com alegres toques de buzina e latidos da matilha, fez conduzir ao castelo a preia que tinha preado[1]

E, tomando o seu girifalte prima em punho, ordenou aos monteiros fossem dizer aos nobres caçadores que dentro de duas horas voltassem, porque achariam em seu paço comida bem aparelhada.

Depois, seguido dos falcoeiros, começou a encaminhar-se para o solar, lançando nebris e falcões e ajuntando caça de volateria, que a havia por aqueles montes mui basta.

IV

Dobrava a campa da torre de menagem no castelo do conde Argimiro: dobrava pela linda condessa, que seu nobre marido havia matado.

Andas cobertas de dó a levam a enterrar ao mosteiro vizinho: os frades vão atrás das andas, cantando as orações dos finados: após

---

1 Um jumento silvestre não seria mui delicado manjar para uma mesa moderna; mas o uso da carne asinina na Idade Média era vulgar. [N. do A].

12

os frades, vai o rico-homem vestido de grossa estamenha, cingido com uma corda, e rasgando pelas sarças e pedras os pés que levava descalços.

Por que matou ele sua mulher, e por que ia ele descalço?

Eis o que, a esse respeito, refere a lenda escrita na folha branca do santoral.

V

Dois anos duraram guerras del-rei Wamba: foram guerras mui de contar.

E por lá andou o rico-homem com seus bucelários, que assim se diziam então acostados e homens d'armas. Fez estrondosas façanhas e cavalarias; mas voltou coberto de cicatrizes, deixando por campos de batalha gasta e consumida a sua valente mesnada.

E, atravessando de Toledo para Biscaia, seguia-o apenas um velho escudeiro. Velho e cheio de cãs e rugas também ele era, não de anos, mas de penas e de trabalho.

Caminhava triste e feroz no aspecto; porque de seu castelo lhe eram vindas novas d'entristecer e raivar.

E, cavalgando noite e dia por montes e por charnecas, por bosques e por jardins, imaginava no modo como descobriria se eram falsas ou verdadeiras essas novas de mau pecado.

VI

No solar do conde Argimiro, um ano depois da sua partida, ainda tudo dava mostras da mágoa e saudade da condessa: as salas estavam forradas de negro; de negro eram os trajos dela; nos pátios interiores dos paços crescera a erva, de modo que se podia ceifar: as reixas e as gelosias das janelas não se haviam tornado a abrir: descantes dos servos e servas, sons de saltérios e harpas tinham deixado de soar.

Mas ao cabo do segundo ano tudo aparecia mudado:

as colgaduras eram de prata e matiz; brancos e vermelhos os trajos da bela condessa; pelas janelas do paço restrugia o ruído da música e dos saraus; e o solar de Argimiro estava por dentro e por fora alindado.

Um antigo vílico do nobre conde fora quem destas mudanças o avisara. Doíam-lhe tantos folgares e contentamentos; doía-lhe a honra de seu senhor, pelo que ele via e pelo que se murmurava.

Eis aqui como se passara o caso:

VII

Longe do condado do ilustre barão Argimiro o Negro, para as bandas de Galiza, vivia um nobre gardingo — como quem dissesse infanção — gentil-homem e mancebo chamado Astrigildo Alvo.

Contava vinte e cinco anos; os sonhos das suas noites eram de formosas damas; eram de amores e deleites: mas, ao romper da manhã, todos eles se desfaziam, que, ao sair ao campo, não havia senão pastoras tostadas do sol e das neves e as servas grosseiras do seu solar.

Destas estava ele farto, Mais de cinco tinha enganado com palavras; mais de dez comprado com ouro; mais de outras dez, como nobre e senhor que era, brutamente violado.

Com vinte e cinco anos, já no livro da justiça divina se lhe haviam escrito mais de vinte e cinco maldades.

Uma noite sonhou Astrigildo que corria serras e vales com a rapidez do vento, montado em onagro silvestre, e que, depois de correr muito, chegava alta noite a um solar, onde pedia gasalhado. E que formosa dama o recebia, e que em poucos instantes um do outro se enamorava.

Acordou sobressaltado e, durante o dia inteiro, não pensou em outra coisa senão na formosa dama que vira naquele sonhar da madrugada.

Três noites se repetia o sonho: três dias o mancebo cismava. Encostado à varanda de um eirado, na tarde do terceiro dia, olhava triste para as montanhas do norte, que via lá no horizonte, como nuvens pardacentas. O sol começou a descer no poente, e ainda ele estava embebido no seu melancólico cismar.

Por acaso, volveu então os olhos para o terreiro que lhe ficava por baixo; um onagro da floresta estava aí deitado, como se fosse manso jumento; era inteiramente semelhante àquele com que havia sonhado.

Sonhos de três noites a fio não mentem: Astrigildo desceu à pressa ao terreiro. Sem bulir pé nem mão, o onagro deixou-se enfrear e selar; e, a Deus e à ventura, o mancebo cavalgou nele e deitou pela encosta abaixo.

Cumpria-se tudo à risca: o onagro não corria, voava. Mas o céu começou de toldar-se com o anoitecer: a escuridão cresceu e desfechou em vento, trovões, chuva e raios. O mancebo perdia a tramontana, e o onagro dobrava a carreira e bufava violentamente. Parou, enfim, a horas mortas. Sem saber como, Astrigildo achou-se junto das barreiras de um solar acastelado.

Tocou a sua buzina, que deu um som prolongado e trêmulo, porque ele tremia de susto e de frio. Apenas cessou de tocar, a ponte levadiça desceu, muitos escudeiros saíram a recebê-lo entre

14

tochas, e as salas dos paços iluminaram-se.

Era que também a condessa tinha por três noites sonhado!

VIII

A clepsidra aponta a hora de sexta nocturna, e ainda dura o sarau no solar do conde de Biscaia; porque a nobre condessa e o gentil Astrigildo assistem às danças e aos jogos dos libertos e servos, que, para eles espairecerem, trabalham lá na sala d'armas. Mas, num aposento baixo do solar, um homem está em pé com um punhal na mão, olhar furibundo e o cabelo eriçado, parecendo escutar longínqua toada.

Outro homem está diante dele, dizendo-lhe:

— "Senhor, ainda não é tempo para punir o grande pecado. Quando eles se recolherem, aquela luz que vedes acolá há-de apagar-se. Subi então, e achareis desimpedido o caminho secreto para a câmara, que é a mesma do vosso noivado."

E o que falava saiu, e daí a pouco a luz apagou-se, e o homem dos cabelos hirtos e do olhar esgazeado subiu por uma íngreme e tenebrosa escada.

IX

Quando pela manhã cedo o conde Argimiro, do seu balcão principal, ordenava que levassem o corpo da condessa a um mosteiro de donas, que ele fundara para aí ter seu moimento, ele e os de sua casa, e dizia aos homens de armas que arrastassem o cadáver de Astrigildo e o despenhassem de um grande barrocal abaixo, viu um onagro silvestre deitado a um canto do pátio.

"Um onagro assim manso é coisa que nunca vi — disse ele ao vílico, que estava ali ao pé. — Como veio aqui este onagro?"

O vílico ia a responder, quando se ouviu uma voz: dir-se-ia que era o ar que falava.

"Foi nele que veio Astrigildo: será ele que o levará. Por ti ficaram órfãos os filhinhos do onagro, mas por via do onagro ficaste, oh conde, desonrado. Foste cru com as pobres feras: Deus acaba de vingá-las."

"Misericórdia!" — bradou Argimiro, porque naquele momento se lembrou da maldita caçada.

Neste comenos os homens do conde saíam com o cadáver sangrento do mancebo: o onagro, apenas o viu, saltou como um leão no meio da turba, que fez fugir, e, travando do morto com os dentes, arrastou-o para fora do castelo, e, como se tivesse em si uma legião de demônios, foi precipitar-se com ele do barrocal abaixo.

Era por isso que o conde ia cingido de corda e descalço, após os frades e a tumba. Queria fazer penitência no mosteiro por haver quebrado o juramento que tinha feito a seu pai.

As almas da condessa e do gardingo caíram de chofre no inferno, por terem deixado a vida em adultério, que é pecado mortal.

Desde esse tempo as duas miseráveis almas têm aparecido a muita gente nos desvios da Biscaia: ela vestida de branco e vermelho, assentada nas penhas, cantando lindas toadas: ele retouçando aí perto, na figure de um onagro.

Tal foi a história que o velho abade contou a meu pai, e que ele me relatou a mim, antes de ir cumprir sua penitência nessa guerra de mouros que lhe foi tão fatal.

Assim concluiu Inigo Guerra. Brearte, o pagem Brearte, sentia os cabelos arrepiarem-se-lhe. Por largo tempo ficou imóvel defronte de seu senhor: ambos eles em silêncio. O moço rico-homem não podia engolir bocado.

Tirou por fim da escarcela a carta de D. Diogo para a tornar a ler. As misérias e lástimas que o rico-homem aí recontava eram tais, que D. Inigo sentiu o pranto gotejar-lhe abundante pelas faces abaixo. Então ergueu-se da mesa para se ir deitar. Nem o barão nem o pagem pregaram olho toda a noite; este de medroso, aquele de desconsolado.

E nos ouvidos de Inigo Guerra soavam contínuo as palavras de Brearte: "Por que não ides à serra procurar vossa mãe?" — Só por encantamento seria, de feito, possível tirar das unhas dos mouros o nobre senhor da Biscaia.

Rompeu, finalmente, a alvorada.

Trova Terceira, Capítulo 1

Mensageiros após mensageiros, cartas sobre cartas são vindas de Toledo a Inigo Guerra. El-rei de Leão resgatava todos os dias cavaleiros seus por cavaleiros mouros, mas não tinha wali ou kayid cativo, que pudesse dar em troca por tão nobre senhor como o senhor de Biscaia.

E muitos dos redimidos eram das bandas das serras; e estes, trazendo as mensagens, contavam ainda mais lástimas do velho D. Diogo Lopes, do que, se é possível, essas de que rezavam as cartas.

"A porta do aguião, em Toledo — diziam eles — tem a mourisma um grande campo, todo mui bem apalancado. Aqui fazem grandes festas, guinolas e touros nos dias dos seus perros santos, segundo lá lhos pregam e determinam khatibs e ul-máis.

"Gaiolas de bestas-feras muitas há aí, coisa mui de ver e pasmar: os tigres e leões não as rompem; rompê-las mãos de homens, fora pequice tão somente imaginá-lo.

"Numa destas prisões, quase nu, com adovas de pés e mãos, está o ilustre rico-homem, que já foi capitão de grandes e lustrosas mesnadas.

"Corteses costumam ser mouros com seus cativos fidalgos. Fazem esta perraria a D. Diogo Lopes, porque já são passados três anos, e não há ver seu resgate."

E os peregrinos que vinham do cativeiro e relatavam tais coisas, bem ceados e agasalhados no castelo, iam-se no outro dia com Deus, levando provida a escarcela, e em boa e santa paz.

Quem não ficava em paz era D. migo: "Por que não vais tu à serra"' — dizia-lhe uma voz ao ouvido. — "Por que não ides procurar vossa mãe?" — repetia-lhe o pagem Brearte.

Que lhe havia de fazer? Uma noite inteira levou em claro a pensar nisso. Pela manhã, a Deus e à sorte, ei-lo que, enfim, se resolve a tentar a aventura, bem que de seu mau grado.

Benzeu-se vinte vezes, para não ter lá de persignar-se. Rezou o Pater, a Ave e o Credo; porque não sabia se em breve essas orações seriam coisa de recordar-se.

E, seguido de um mastim seu predilecto, a pé e com uma ascuma na mão, foi-se através das brenhas, por uma vereda que dizia para os píncaros tristes e ermos onde era tradição que a linda dama tinha aparecido a seu pai.

II

Trinam os rouxinóis nos balseiros; murmuram ao longe as águas dos regatos; ramalha a folhagem brandamente com a viração da manhã: vai uma linda madrugada.

E Inigo Guerra galga, manso e manso, os carris empinados, trepa de barrocal em barrocal e, apesar de seu muito esforço, sente bater-lhe o coração com ânsia desacostumada.

Onde as matas faziam alguma clareira ou as penhas alguma chapada, D. Inigo parava um pouco, tomando fôlego e pondo-se a escutar.

Muito havia que andava embrenhado: o sol ia alto, e o dia calmoso: ao canto do rouxinol seguira o rechinar da cigarra.

E encontrou uma fonte que rebentava de rochedo negro e, saltando de aresta em aresta, vinha cair em almácega tosca, onde o sol parecia dançar no bulir das ondazinhas que fazia o despenho da cascata.

D. Inigo assentou-se à sombra da rocha e, tirando a sua monteira, matou a sede que trazia, e pôs-se a lavar o rosto e a cabeça do suor e pó, que não lhe faltava.

O mastim, depois de beber, deitou-se ao pé dele e, com a língua pendente, arquejava de cansado.

De repente, o cão pôs-se em pé e arremeteu, com um grande ladro.

D. Inigo volveu os olhos: um jumento silvestre pascia na orla da clareira junto de um frondoso carvalho.

"Tárik! — gritou o mancebo. — Tárik!" — Mas Tárik ia avante e não escutava.

"Ai, deixa-o correr, meu filho! Não é para o teu mastim levar a melhor desse onagro."

Isto dizia uma voz que, lá em cima no alto da penha, começou de soar.

Olhou: linda mulher estava aí assentada e, com gesto amoroso e sorriso d'anjo, para ele se inclinava.

"Minha mãe! minha mãe! — bradou migo Guerra, alevantando-se: e lá consigo dizia: — Vade retro! Santo Hermenegildo me valha!"

E como molhara a cabeça, sentiu que os cabelos se lhe iam alçando de arrepiados.

"Filho, na boca palavras doces; no coração palavras danadas. Mas que importa, se és meu filho? Dize o que queres de mim, que será tudo feito a teu talento e vontade."

O moço cavaleiro nem acertava a falar com medo. Já a este tempo Tárik gemia uivando debaixo dos pés do onagro.

"Cativo está de mouros há anos meu pai D. Diogo Lopes — disse por fim titubeando. — Quisera me ensinásseis, senhora, o modo como hei-de salvá-lo."

"Seu mal, tão bem como tu, eu sei. Se pudesse, ter-lhe-ia acorrido, sem que viesses requerê-lo: mas o velho tirano do céu quer que ele pene tantos anos quantos viveu com a... com a que sandeus chamam Dama Pé-de-Cabra."

"Não bíasfemeis contra Deus, minha mãe, que é enorme culpa" — interrompeu o mancebo, cada vez mais horrorizado.

"Culpa?! Não há para mim inocência nem culpa" — replicou a dama, rindo às gargalhadas.

Era um rir de dormente, triste e medonho. Se o diabo ri, como aquele deve ser o rir do diabo.

O cavaleiro não pôde dizer mais palavra. "Inigo! — prosseguiu ela — falta um ano para cumprir-se o cativeiro do nobre senhor de

Biscaia. Um ano passa depressa: mais depressa eu to farei passar. Vês tu aquele valente onagro? Quando uma noite, acordando, o achares ao pé de ti, manso como cordeiro, cavalga nele sem susto, que te levará a Toledo, onde livrarás teu pai. — E bradando acrescentou: — Estás por isto, Pardalo?"

O onagro fitou as orelhas e, em sinal de aprovação, começou a azurrar; começou por onde, às vezes, academias acabam.[1]

Depois, a dama pôs-se a cantar uma cantiga de bruxas, acompanhando-se de um saltério, de que tirava mui estranhas toadas:

Pelo cabo da vassoura,
Pela corda da polé,
Pela víbora que vê,
Pela Sura, e pela Toura;

Pela vara do condão,
Pelo pano da peneira,
Pela velha feiticeira,
Do finado pela mão;

Pelo bode, rei da festa,
Pelo sapo inteiriçado,
Pelo infante dessangrado
Que a bruxa chupou à sesta;

Pelo crânio alvo e lustroso
Em que sangue se libou,
E do irmão que irmão matou,
Pelo arranco doloroso;

Pelo nome de mistério
Que em palavras se não diz,
Vinde lã precitos vis;
Vinde ouvir o meu saltério!

E dançai-me, aqui na terra,
Uma dança doudejante,
Que entonteça dum instante O
meu filho Inigo Guerra.

---

1 O Dicionário da Academia, que ficou interrompido ao fim da letra A, acaba na palavra azurrar. [N. do A.]

Que ele durma um ano inteiro,
Como em sono de uma hora,
Junto à fonte que ali chora,
Sobre a relva deste outeiro.

Enquanto a dama cantava estas cantigas, o mancebo sentia um quebrantamento nos membros que crescia cada vez mais e que o obrigou a assentar-se.

E logo, logo, ouviu-se um ruído abafado, como de trovões e de ventanias engolfando-se em covoadas: depois o céu começou de toldar-se, e cada vez era mais cris, até que, enfim, apenas uma luz de crepúsculo o alumiava.

E a mansa almácega refervia, e os penedos rachavam, e as árvores torciam-se, e os ares sibilavam.

E das bolhas da água da fonte, e das fendas dos rochedos, e d'entre as ramas dos robles, e da vastidão do ar via-se descer, subir, romper, saltar... o quê? — Coisa muito espantável.

Eram mil e mil braços sem corpos, negros como carvão, tendo nos cotos uma asa, e na mão cada um uma espécie de facho.

Como a palha que o tufão alevanta na eira, aquela multidão de candeias cruzava-se, revolvia-se, unia-se, separava-se, remoinhava, mas sempre com certa cadência, como que dançando a compasso.

A D. Inigo andava a cabeça à roda: as luzes pareciam-lhe azuis, verdes e vermelhas: mas corria-lhe pelos membros uma languidez tão suave, que não teve ânimo para fazer o sinal da cruz e afugentar aquele bando de Satanases.

E sentia-se esvaecer e, pouco a pouco, adormecia e, dali a pouco, roncava.

Entretanto, no castelo tinham dado pela sua falta. Esperaram-no até à noite; esperaram-no uma semana, um mês, um ano, e não o viam voltar. O pobre Brearte correu por muito tempo a serra; mas o sítio onde o cavaleiro jazia, isso é que não havia lá chegar.

III

Inigo acordou alta noite: tinha dormido algumas horas: ao menos, ele assim o cria. Olhou para o céu, viu estrelas: apalpou ao redor, achou terra: escutou, ouviu ramalhar as árvores.

Pouco a pouco é que se foi recordando do que passara com sua mal-aventurada mãe; porque, a princípio, não se lembrava de nada.

Pareceu-lhe então ouvir respirar ali perto: afirmou a vista: era o onagro Pardalo.

"Já agora meio enfeitiçado estou eu pensou ele: — corramos o resto da aventura, a ver se posso salvar meu pai."

E pondo-se em pé, encaminhou-se para o valente animal, que já estava enfreado e selado: cujos eram os arreios, isso sabia-o o diabo.

Hesitou, todavia, um momento: tinha seus escrúpulos — a boas horas vinham eles — de cavalgar naquele corredor infernal.

Então ouviu nos ares uma voz vibrada, que cantava muito entoado. Era a voz da terrível Dama Pé-de-Cabra:

Cavalga, meu cavaleiro,
No alentado corredor;
Vai salvar o bom senhor;
Vai quebrar seu cativeiro.

Pardalo, não comerás
Nem cevada nem aveia,
Não terás jantar nem ceia,
Rijo e leve voltarás.

Nem açoite, nem espora
Requer ele, oh cavaleiro!
Corre, corre bem ligeiro,
Noite e dia, a toda a hora.

Freio ou sela não lhe tires,
Não lhe fales, não o ferres,
Na carreira não te aterres,
Para trás nunca te vires.

Upa! firme! — avante, avante!
Breve, breve, a bom correr!
Um minuto não perder,
Bem que o galo ainda não cante.

"Vá!" — gritou Inigo Guerra, com uma espécie de frenesi que nele produzira aquele cantar estranho; e de um pulo cavalgou no quedo onagro.

Mas apenas se firmou na sela, pst! — ei-lo que parte!

IV

Posto que em paz com os cristãos, os mouros de Toledo têm pelas torres, cubelos e adarves seus atalaias e vigias, e nos montes que dizem para a fronteira de Leão seus fachos e almenaras.

Mas se o rei leonês soubesse como descuidosa jaz Toledo; como, ao anoitecer, se deixam dormir vigias, se deixam de acender fachos, quebraria seus juramentos, e faria contra aquelas partes um repentino fossado.

Salvo ter de ir depois ao seu confessor dizer confiteor Deo, e peceavi; porque o quebrar o juramento, ainda que seja a cães descridos, dizem ser feio pecado.

Era a hora do lusco-fusco: ao sol posto os de Toledo, mirando para a banda do Norte, viram, lá muito ao longe, vir correndo uma nuvem negra, ondeando e fazendo voltas no céu, como a estrada as fazia na terra por entre os montes: dir-se-ia que vinha embriagada.

Era primeiro um pontinho; depois crescera e crescera: quando anoiteceu, estava já perto e cobria um grande espaço.

O almuadem, subindo à torre da mesquita, chamava os crentes de Mafamede para a oração da tarde.

Mas com a sua voz esganiçada misturou-se o estrondear dos trovões: era como um tiple e um baixo.

E passou um tufão de vento, que, embrenhando-se e remoinhando nas barbas longas e brancas do almuadem, lhe fustigou com elas a cara.

Começou então a cair uma corda de chuva, que nem moços nem velhos se lembravam de ter visto coisa semelhante em nenhuma parte.

Aqui veríeis os esculcas a aninharem-se nas guaritas das torres; os roldas e sobre-roldas a fugirem pelos adarves; os facheiros a sumirem-se debaixo das almenaras; os hajibes a acolherem-se às mesquitas molhados até os ossos; as velhas, que tinham saído ao vozear do almuadem, levadas pelas torrentes das ruas tortuosas e estreitas, bradando por Mafoma e por Allah. E a água caindo cada vez mais!

Dois únicos movimentos fazem então os moradores de Toledo: uns fogem, outros agacham-se. E a água caindo cada vez mais!

O pavor quebra todos os ânimos: os cacizes esconjuram a procela: os faquires penitentes gritam que se acaba o mundo, e que lhes deixe os seus haveres aquele que quiser salvar-se. E a água caindo cada vez mais!

A salvação de Toledo foi não se terem fechado suas portas: se assim não sucedesse, dentro do recinto dos muros morria toda a mourisma afogada.

Na prisão estava D. Diogo encostado às grades de ferro. O pobre velho entretinha-se a ouvir aquele medonho chover; porque a noite era comprida, e ele não tinha que fazer mais nada.

Mas, como o terreiro ante a sua gaiola de feras era rodeado de muros, a chuva não podia escoar-se toda, e vinha crescendo de modo que já elo sentia os pés molhados.

E também começou a ter medo de morrer, apesar da sua miséria. Bem sabia D. Diogo que a morte é a maior delas todas; que não era o senhor de Biscaia ateu, filósofo, nem parvo.

Mas lá divisa um vulto alvacento que salvou por cima do palanque, e sente ao mesmo tempo no meio do terreiro — plash! —

E ouviu uma voz que dizia — "Nobre senhor D. Diogo, onde é que vós vos achais?" —

—"Que vejo e ouço ! — exclamou o velho. — Um trajo que não alveja não é trajo d'ismaelita; uma voz que não fala algaravia não é d'infiel; um salto de tal altura não é de cavaleiro do mundo. Por vossa fé dizei-me, sois anjo ou sois Santiago."

"Meu pai, meu pai! acudiu o cavaleiro — já não conheceis a fala de Inigo? Sou eu, que venho salvar-vos."

E D. migo descavalgou e, travando das grossas reixas, tentava aluí-las: a água dava-lhe já pelos artelhos, e ele não fazia nada.

Cheio de aflição, o mancebo quis invocar o nome de Jesus; mas lembrou-se de como ali viera, e o bento nome expirou-lhe nos lábios.

Todavia, Pardalo pareceu adivinhar o seu íntimo pensamento; porque soltou um gemido agudo e pronto, como se lhe houvessem tocado com um ferro em brasa.

E, empurrando com a cabeça D. Inigo, voltou a anca para a grade.

Pau! — foi o som que se ouviu. Com um só couce a reixa estava no chão, e as ombreiras de pedra tinham voado em mil rachas. Quer mo creiam, quer não, di-lo a história: eu com isto não perco nem ganho.

D. Diogo, esse ficou-o crendo: porque uma lasca de pedra bateu-lhe nos dois últimos dentes que tinha e meteu-lhos pela goela abaixo. Por isso, ele, com a dor, não podia dizer palavra.

Seu filho fê-lo cavalgar ante si, e, cavalgando após ele, bradou: — "Meu pai, estais salvo!"

E Pardalo de um pulo galgou de novo o palanque. Pois tinha bons quinze palmos!

Pela manhã não havia sinal de chuva; o ar estava limpo e sereno, e quando os mouros foram ver o que sucedera a D. Diogo Lopes, não lhe acharam sequer o rasto.

V

D. Inigo e seu pai, o velho senhor de Biscala, passam as portas de Toledo com a rapidez da frecha: num abrir e fechar d'olhos ficam-lhes para trás muros, torres, barbacãs e atalaias. A bátega vai diminuindo: rasgam-se as nuvens, e vêem-se já reluzir algumas estrelas, que parecem outros tantos olhos com que o céu espreita através do negrume o que se passa cá em baixo.

A estrada, pelas descidas e subidas dos recostos, converteu-se em leito de torrente, nos plainos converteu-se em lago.

Mas, quer pelos lagos, quer pelas torrentes, o valente onagro rompia avante, bufando como um danado.

Não subiram bem um monte, já descem pelo outro recosto abaixo; ainda bem não chegaram a uma clareira, já sentem em profunda floresta gotejarem-lhes em cima os ramos agitados das árvores.

Pouco mais é de meia-noite, e os topos nevados do Vindio recortam o chão estrelado do céu já limpo, semelhantes aos dentes de uma serra gigante capaz de dividir cérceo o hemisfério austral do hemisfério boreal.

E Pardalo investe, sempre em galope desfeito, com as montanhas disformes, e desce aos vales temerosos, e, cada vez mais ligeiro, como o seu nome o indica, parece menos quadrúpede que pássaro.

Mas que ruído é esse que sobreleva o do vento? Que é isso que, lá ao longe, ora alveja, ora reluz nas trevas, como uma alcateia de lobos envoltos em sudários brancos, com os olhos só descobertos, e despregando em fio pelo fundo do vale abaixo?

É um rio caudal e furioso, com o seu manto de escuma, e com as escamas angulosas de seu dorso eriçado, onde batem e chispam os raios das estrelas em mil reflexos quebrados.

Negreja sobre o rio uma ponte, ao meio desta um vulto esguio. — "Será um marco, uma estátua? — pensaram os cavaleiros. Pinheiro não pode ser; não consta que em pontes nasçam."

Pardalo ria-se de rios; pontes, fazia tanto cabedal delas como de um retraço de palha. Todavia, bem que pudesse de um pulo saltar vinte ribeiras como aquela, foi-se direito à ponte; porque não era animal que fizesse áfricas escusadas.

Semelhante a relâmpago, se arrojou o onagro àquele passo estreito... Mas, tá.... Ei-lo que de repente pára.

E tremia como varas verdes, e arquejava com violência: os dois cavaleiros olharam.

O vulto esguio era um cruzeiro de pedra alevantado a meia ponte:

por isso Pardalo emperrava.

Então, dentre uns altos choupos, que da margem dalém se meneavam, um pouco mais abaixo daquele sítio, ouviu-se uma voz fadigosa e trêmula que cantava:

Para trás, para trás, a galgar.
Já!
De redor, de redor, vem passar
Cá!
Que não há nada aqui que te empeça.
Bus,
Nem palavra, vós dois! Fugi dessa
Cruz!

"Santo Nome de Cristo!" — exclamou D. Diogo, benzendo-se ao escutar aquela voz que bem conhecia, mas que, depois de tantos anos, não esperava ali ouvir, porque seu filho não lhe dissera que meio achara para o salvar.

Apenas o grito do velho soou, assim ele como D. Inigo foram bater contra o poial do cruzeiro, onde ficaram de bruços, envoltos em lodo. O onagro, ao sacudi-los de si, soltara um rugido de besta-fera. Sentiram então um cheiro intolerável de enxofre e de carvão de pedra inglês, que logo se percebia ser coisa de Satanás.

E ouviram como um trovão subterrâneo; e a ponte balouçava, como se as entranhas da terra se despedaçassem.

Apesar do seu grande terror, e de chamar pela Virgem Santíssima, D. Inigo abriu um cantinho do olho para ver o que se passava.

Nós os homens costumamos dizer que as mulheres são curiosas. Nós é que o somos. Mentimos como uns desalmados.

Que veria o cavaleiro? Um fojo aberto, bem próximo deles sobre a ponte, e que depois rompia pela água.

E depois pelo leito do rio; e depois pela terra dentro, dentro; e depois pelo tecto do inferno, que outra coisa. não podia ser um fogo muito vermelho que reverberava daquela profundidade.

Tanto era assim, que ainda lá viu passar de relance um demônio com um desconforme espeto nas mãos em que levava um judeu empalado.

E Pardalo descia remoinhando por esse boqueirão, como uma pena caindo em dia sereno do alto de uma torre abaixo.

Aquela vista fez perder os sentidos a D. Inigo, que, indo também a chamar por Jesus, achou que não podia proferir este nome sagrado.

De terror, tanto o velho como o moço ficaram ali em desmaio.

Quando tornaram a si, com o romper do sol claro, conheceram o sítio em que se achavam. Era a ponte próxima à aldeia de Nustúrio, no alto da qual campeava o castelo construído por D. From, o saxónio, avoengo de D. Diogo Lopes e primeiro senhor de Biscaia.

Nenhum vestígio restava do que ali se passara; os dois, moídos e cheios de lodo e pisaduras, foram-se arrastando como puderam até encontrar alguns vilãos, a quem se deram a conhecer, e que os levaram a casa.

Festas que em Nustúrio se fizeram por sua vinda, coisa é que vos não direi; porque não tarda a hora de cear, rezar e deitar.

VI

D. Diogo pouco tempo viveu: todos os dias ouvia missa; todas as semanas se confessava. D. Inigo, porém, nunca mais entrou na igreja, nunca mais rezou, e não fazia senão ir à serra caçar.

Quando tinha de partir para as guerras de Leão, viam-no subir à montanha armado de todas as peças e voltar de lá montado num agigantado onagro.

E o seu nome retumbou em toda a Espanha; porque não houve batalha em que entrasse que se perdesse, e nunca em nenhum recontro foi ferido nem derribado.

Diziam à boca pequena em Nustúrio que o ilustre barão tinha pacto com Belzebu. Olhem que era grande milagre!

Meio precito era ele por sua mãe; não tinha que vender senão a outra metade da alma.

Por oitenta por cento de lucro no recibo de um egresso, a dá aí inteiro ao demo qualquer onzeneiro, e crê ter feito uma limpa veniaga.

Fosse como fosse, Inigo Guerra morreu velho: o que a história não conta é o que então se passou no castelo. Como não quero improvisar mentiras, por isso não direi mais nada.

Mas a misericórdia de Deus é grande. A cautela rezem por ele um Pater e um Ave. Se não lhe aproveitar, seja por mim. Amém.

O Bispo Negro

I

Houve tempo em que a sé abandonada de Coimbra era formosa; houve tempo em que essas pedras, ora tisnadas pelos annos, eram ainda pallidas, como as margens areentas do Mondego.[1] Então o luar, batendo nos lanços dos seus muros, dava um reflexo de luz suavissima, mais rica de saudade que os proprios raios daquelle planeta guardador dos segredos de tantas almas, que crêem existir nelle, e só nelle, uma intelligencia que as perceba.

Então aquellas ameias e torres não haviam sido tocadas das mãos de homens, desde que os seus edificadores as tinham collocado sobre as alturas; e todavia já então ninguém sabia se esses edificadores eram da nobre raça goda, se da dos nobres conquistadores arabes.

Mas, quer filha dos valentes do norte, quer dos pugnacissimos sarracenos, ella era formosa na sua singella grandeza entre as outras sés das Hespanhas. Ahi succedeu o que ora ouvireis contar.

II

Aproximava-se o meiado do duodecimo seculo. O principe de Portugal Affonso Henriques depois de uma revolução feliz, tinha arrancado o poder das mãos de sua mãe. Se a historia se contenta com o triste espectaculo de um filho condemnando ao exilio aquella que o gerou, a tradição carrega as tinctas do quadro, pintando-nos a desditosa viuva do conde Henrique arrastando grilhões no fundo de um calabouço. A historia conta-nos o facto; a tradição os costumes. A historia é verdadeira, a tradição verosimil; e o verosimil é o que importa ao que busca as lendas da patria.

Em uma das torres do velho alcacer de Coimbra, encostado entre duas ameias, a horas que o sol fugia do horisonte, o principe conversava com Lourenço Viegas o Espadeiro, e com elle dispunha meios e apurava traças para guerrear a mourisma.

E lançou casualmente os olhos para o caminho que guiava ao alcacer, e viu o bispo D. Bernardo, que, montado em sua nedia mula, cavalgava apressado pela encosta acima.

"Vêdes vós—disse elle ao Espadeiro—o nosso leal D. Bernardo, que para cá se encaminha? Negocio grave por certo o faz sair a taes deshoras da crasta da sua sé. Desçamos á sala d'armas e vejamos o

---

1A sé velha de Coimbra é no todo, ou na maxima parte uma edificação dos fins do seculo duodecimo; mas acceitámos aqui a tradição que lhe attribue uma remotissima antiguidade.

que elle quer."—E desceram.

Grandes lampadarios ardiam já na sala d'armas do alcacer de Coimbra, pendurados de cadeias de ferro chumbadas nos fechos dos arcos de volta de ferradura, que sustentavam os tectos de grossa cantaria. Pelos feixes de columnas delgadas, entre si separadas, mas ligadas nos fustes por uma base commum, pendiam corpos de armas, que reverberavam a luz das lampadas, e pareciam cavalleiros armados, que em silencio guardavam aquelle amplo aposento. Alguns homens de mesnada faziam retumbar as abobadas, passeando de um para outro lado.

Uma portinha, que ficava em um angulo da quadra, abriu-se, e d'ella saíram o principe e Lourenço Viegas, que desciam da torre: quasi ao mesmo tempo assomou no grande portal de entrada o vulto veneravel e solemne do bispo D. Bernardo.

"Guarde-vos Deus, bispo de Coimbra! Que mui urgente negocio vos traz aqui esta noite?—disse o principe a D. Bernardo.

"Más novas, senhor. Trazem-me aqui a mim letras do papa, que ora recebi."

"E que quer de vós o papa?"

"Que de sua parte vos ordene solteis vossa mãe..."

"Nem pelo papa, nem por ninguem o farei."

"E manda-me que vos declare excommungado, se não quizerdes cumprir seu mandado."

"E vós que intentaes fazer?"

"Obedecer ao successor de S. Pedro."

"Quê? D. Bernardo amaldiçoaria aquelle a quem deve o bago pontifical; aquelle que o alevantou do nada? Vós, bispo de Coimbra, excommungarieis o vosso principe, porque elle não quer pôr a risco a liberdade desta terra remida das oppressões do senhor de Trava, e do jugo do rei de Leão; desta terra que é só minha e dos cavalleiros portuguezes?"

"Tudo vos devo, senhor,—atalhou o bispo—salvo minha alma que pertence a Deus, minha fé que devo a Christo, e a minha obediencia que guardarei ao papa."

"D. Bernardo! D. Bernardo!—disse o principe suffocado em colera —lembrae-vos de que affronta que se me fizesse, nunca ficou sem paga!"

"Quereis, senhor infante, soltar vossa mãe?"

"Não! Mil vezes não!"

"Guardae-vos!"

E o bispo saíu sem dizer mais palavra. Affonso Henriques ficou pensativo por algum tempo; depois falou em voz baixa com Lourenço Viegas o Espadeiro, e encaminhou-se para a sua camara. D'ahi a pouco o alcacer de Coimbra jazia, como o resto da cidade, no mais profundo silencio.

III

Pela alvorada, muito antes de romper o sol no dia seguinte, Lourenço Viegas passeava com o principe na sala d'armas do paço mourisco.

"Se eu proprio o vi, montado na sua boa mula, ir lá muito ao longe, caminho da terra de Sancta Maria![1] Na porta da sé estava pregado um pergaminho com larga escriptura, que, segundo me affirmou um clerigo velho que ahi chegára quando eu olhava para aquella carta, era o que elles chamam o interdicto.—Isto dizia o Espadeiro, olhando para todos os lados, como quem receiava que alguem o ouvisse.

"Que receias, Lourenço Viegas? Dei a Coimbra um bispo que me excommunga, porque assim o quiz o papa: dar-lhe-hei outro que me absolva, porque assim o quero eu. Vem comigo á sé. Bispo D. Bernardo, tarde será o arrepender-te da tua ousadia!"

D'alli a pouco as portas da sé estavam abertas, porque o sol era nado, e o principe, acompanhado de Lourenço Viegas e de dous pagens, atravessava a igreja, e dirigia-se á crasta, onde ao som de campa tangida tinha mandado ajunctar o cabido, com pena de morte para o que ahi faltasse.

IV

Solemne era o espectaculo que apresentava a crasta da sé de Coimbra. O sol dava com todo o brilho de manhan purissima por entre os pilares que sustinham as abobadas dos cubertos, que cercavam o pateo interior. Ao longo desses cubertos caminhavam os conegos com passos lentos, e as largas roupas ondeavam-lhes ao bafo suave do vento matutino. No topo da crasta estava o principe em pé, encostado ao punho da espada, e um pouco atras delle Lourenço Viegas e os dous pagens. Os conegos íam chegando, e formavam um semicirculo a pouca distancia d'elrei, em cuja cervilheira de malha de ferro ferviam buliçosos os raios do sol.

Toda a clerezia da sé estava alli apinhada, e o principe, sem dar palavra e com os olhos fitos no chão, parecia involto em fundo pensar. O silencio era completo.

Por fim Affonso Henriques ergueu o rosto carrancudo e ameaçador, e disse:

1Hoje Terra da Feira, proxima do Porto, na estrada de Coimbra.

"Conegos da sé de Coimbra, sabeis a que vem aqui o infante de Portugal?"

Ninguem respondeu palavra.

"Se o não sabeis, dir-vo-lo-hei eu, — proseguiu o principe: — vem assistir á eleição do bispo de Coimbra."

"Senhor, bispo havemos. Não cabe ahi nova eleição — disse o mais velho e auctorisado dos conegos que estavam presentes, e que era o *adayão*.

"Amen: — responderam os outros.

"Esse que vós dizeis; — bradou o infante, cheio de colera — esse jamais o será. Tirar-me quiz elle o nome de filho de Deus; eu lhe tirarei o nome de seu vigario. Juro que nunca em meus dias porá D. Bernardo pés em Coimbra: nunca mais da cadeira episcopal ensinará um rebelde a fé das sanctas escripturas! Elegei outro: eu approvarei vossa escolha."

"Senhor, bispo havemos. Não cabe ahi nova eleição: — repetiu o adayão.

"Amen:" — responderam os mais.

O furor de Affonso Henriques subiu de ponto com esta resistencia: — "Pois bem!" — disse elle, com a voz presa na garganta, depois de um olhar terrivel que lançou pela assembléa, e de alguns momentos de silencio. — "Pois bem! Saí d'aqui, gente orgulhosa e má! Saí, vos digo eu. Alguem por vós elegerá um bispo..."

Os conegos, fazendo profundas reverencias, encaminharam-se para as suas cellas, ao longo das arcarias da crasta.

Entre os que alli se achavam, um negro, vestido de habitos clericaes, tinha estado encostado a um dos pilares, observando aquella scena: os seus cabellos revoltos contrastavam pela alvura com a pretidão da tez. Quando o principe falava, elle sorria-se e meneava a cabeça como quem approvava o dicto. Os conegos começavam a retirar-se, e o negro ía apoz elles. Affonso Henriques fez-lhe um signal com a mão. O negro voltou para trás.

"Como has nome?" — perguntou-lhe o principe.

"Senhor, hei nome Çolleima."[1]

"És bom clerigo?"[2]

---

1 É notavel coincidencia a seguinte: Em 1088 *um presbytero, por nome Zoleima,* fez uma doação *á sé de Coimbra.* Desta doação se lembra Fr. Antonio Brandão M. L. P. 3.ª L. 8.º Cap. 5.º pag. 13 col. 2.ª in fine.

2*Clerigo* naquella epoca não significava só o ecclesiastico revestido do sacerdocio, mas sim qualquer individuo empregado no serviço do culto. D'ahi a frequente menção nos documentos, de *clerigos casados.*

"Na companhia não ha dous que sejam melhores."

"Bispo serás, D. Çolleima. Vae tomar teus guisamentos, que hoje me cantarás missa."

O clerigo recuou: naquella face tisnada viu-se uma contracção de susto.

"Missa não vos cantarei eu, senhor: — respondeu o negro com voz trémula; — que para tal auto não tenho as ordens requeridas."

"D. Çolleima, repara bem no que te digo! Sou eu que te mando vás vestir as vestiduras de missa. Escolhe: ou hoje tu subirás os degraus do altar-mór da sé de Coimbra, ou a cabeça te descerá de cima dos hombros, e rolará pelas lageas deste pavimento."

O clerigo curvou a fronte.

"Kirie-eleyson ... Kirie-eleyson ... Kirie-eleyson!" — garganteava d'ahi a pouco D. Çolleima, revestido dos habitos episcopaes, juncto ao altar da capella-mór. O infante Affonso Henriques, o Espadeiro e os dous pagens, de joelhos, ouviam missa com profunda devoção.

V

Era noite. Em uma das salas mouriscas dos nobres paços de Coimbra havia grande sarau. Donas e donzellas, assentadas ao redor do aposento, ouviam os trovadores repetindo ao som da viola e em tom monotono suas magoadas endechas, ou folgavam e riam com os arremedilhos satyricos dos truões e farcistas. Os cavalleiros em pé, ou falavam de aventuras amorosas, de justas e de bofordos, ou de fossados e lides por terras de mouros fronteiros. Para um dos lados, porém, entre um labyrintho de columnas, que davam saída para uma galeria exterior, quatro personagens pareciam entretidas em negocio mais grave do que os prazeres de noite de folguedo o permittiam. Eram estas personagens Affonso Henriques, Gonçalo Mendes da Maia, Lourenço Viegas, e Gonçalo de Sousa o Bom. Os gestos dos quatro cavalleiros davam mostras de que elles estavam vivamente agitados.

"É o que affirma, senhor, o mensageiro — dizia Gonçalo de Sousa — que me enviou o abbade do mosteiro de Tibães, onde o cardeal dormiu uma noite para não entrar em Braga. Dizem que o papa o envia a vós, porque vos suppõe hereje. Em todas as partes por onde o legado passou, em França e em Hespanha, vinham a lhe beijar a mão reis, principes e senhores: a eleição de D. Çolleima não póde por certo ir ávante..."

"Irá, irá! — respondeu o principe em voz tão alta que as suas palavras reboaram pelas abobadas do vasto aposento. — Que o legado tenha tento em si! Não sei eu se haveria ahi cardeal, ou apostolico[1] que me estendesse a mão para eu lh'a beijar, que pelo cotovello lh'a não cortasse fóra a minha boa espada. Que me importam a mim vilezas dos outros reis e senhores? Vilezas, não as farei eu!"

Isto foi o que se ouviu daquella conversação: os tres cavalleiros falaram com o principe ainda por muito tempo: mas em voz tão baixa, que ninguem percebeu mais nada.

VI

Dous dias depois o legado do papa chegava a Coimbra: mas o bom do cardeal tremia em cima da sua nedia mula, como se maleitas o houveram tomado. As palavras do infante tinham sido ouvidas por muitos, e alguem as havia repetido ao legado.

Todavia, apenas passou a porta da cidade, revestindo-se de animo, encaminhou-se direito ao alcacer real.

O principe saíu a recebe-lo acompanhado de senhores e cavalleiros. Com modos cortezes guiou-o á sala de seu conselho, e ahi se passou o que ora ouvireis contar.

O infante estava assentado em uma cadeira de espaldas: diante delle o legado em um assento raso, posto em cima de um estrado mais elevado: os senhores e cavalleiros cercavam o filho do conde Henrique.

"Dom cardeal, — começou o principe — que viestes vós fazer a minha terra? Posto que de Roma só mal me tenha vindo, creio me trazeis agora algum ouro, que de seus grandes haveres me manda o senhor papa para estas hostes que faço, e com que guerreio noite e dia os infiéis da frontaria. Se isto trazeis, acceitar-vo-lo-hei: depois, desembaraçadamente podeis seguir vossa viagem."

No animo do legado a colera sobrepujou o temor, quando ouviu as palavras do principe, que eram de amargo escarneo.

"Não a trazer-vos riquezas, — atalhou elle — mas a ensinar-vos a fé vim eu; que della parece vos esquecestes, tractando violentamente o bispo D. Bernardo, e pondo em seu logar um bispo sagrado com vossas manoplas, victoriado só por vós com palavras blasphemas e maldictas..."

"Calae-vos, dom cardeal, — gritou Affonso Henriques — que mentís pela gorja! Ensinar-me a fé?! Tão bem em Portugal como em Roma sabemos que Christo nasceu da Virgem; tão certo como vós outros romãos cremos na sancta Trindade. Se a outra cousa vindes, ámanhan vos ouvirei: hoje podeis-vos ir."

---

1 Papa.

E ergueu-se: os olhos chammejavam-lhe de furor. Toda a ousadia do legado desappareceu como fumo, e, sem atinar com resposta, saíu do alcacer.

VII

O gallo tinha cantado tres vezes: pelo arrebol da manhan o cardeal partia aforradamente de Coimbra, cujos habitantes dormiam ainda repousadamente.

O principe foi um dos que despertaram mais tarde. Os sinos harmoniosos da sé costumavam acorda-lo tocando ás ave-marias: mas naquelle dia ficaram mudos; e quando elle se ergueu havia mais de uma hora que o sol subia para o alto dos ceus da banda do oriente.

"Misericordia! misericordia!" — gritavam devotamente homens e mulheres á porta do alcacer, com alarido infernal. O principe ouviu aquelle ruido.

"Que vozes são estas que soam?" — perguntou elle a um pagem.

O pagem respondeu-lhe chorando:

"Senhor, o cardeal excommungou esta noite a cidade, e partiu: as igrejas estão fechadas; os sinos já não ha quem os toque; os clerigos fecham-se em suas pousadas. A maldicção do sancto padre de Roma cahiu sobre nossas cabeças."

Outra vez soou á porta do alcacer: — Misericordia! Misericordia!"

"Que enfreiem e selem um cavallo de batalha. Pagem, que enfreiem e selem o meu melhor corredor!"

Isto dizia o principe, encaminhando-se para a sala d'armas. Ahi envergou á pressa um saio de malha, e pegou em um montante, que apenas dous portuguezes dos de hoje valeriam a alevantar do chão. O pagem tinha saído, e d'alli a pouco o melhor cavallo de batalha que havia em Coimbra tropeava e rinchava á porta do alcacer.

VIII

Um clerigo velho, montado em uma alentada mula branca, vindo de Coimbra seguia o caminho da Vimieira, e de instante a instante espicaçava os ilhaes da cavalgadura com seus acicates de prata: em duas outras mulas íam ao lado delle dous mancebos com caras e meneios de beatos, vestidos de opas e tonsurados, mostrando em seu porte e idade que aprendiam ainda as pueris ou ouviam as grammaticaes.[1] Eram o cardeal, que se ía a Roma, e dous sobrinhos

---

1 Estudos menores ou preparatorios. Assim parece se chamavam na idade média. *Darin lernt ich puerilia,* diz Hans Sachs no seu *Lebensbeschreibung*, e o bispo do Porto, D. Pedro Affonso, affirma de seu predecessor D. João

seus que o haviam acompanhado.

Entretanto o principe partíra de Coimbra sósinho. Quando pela manhan Gonçalo de Sousa e Lourenço Viegas o procuraram em seus paços, souberam que era partido após o legado. Temendo o caracter violento de Affonso Henriques, os dous cavalleiros seguiram-lhe a pista á redea solta, e íam já muito longe quando viram o pó que elle levantava correndo ao longo da estrada, e o scintillar do sol batendo-lhe de chapa na cervilheira semelhante ao dorso de um crocodilo.

Os dous fidalgos esporearam com mais força os ginetes e breve alcançaram o infante.

"Senhor, senhor, aonde ides sem vossos leaes cavalleiros, tão cedo e açodadamente?"

"Vou pedir ao legado do papa que se amercêe de mim..."

A estas palavras os cavalleiros transpunham uma assomada que encobria o caminho: pela encosta abaixo ía o cardeal com os dous mancebos das opas e cabellos tonsurados.

"Oh!.. — disse o principe. Esta unica interjeição lhe fugiu da bôca; mas que discurso houvera ahi que a igualasse? Era o rugido de prazer do tigre, no momento em que salta do fojo sobre a prêa descuidada.

"*Memento mei, Domine, secundùm magnam misericordiam tuam!*" — resou o cardeal em voz baixa e trémula, quando ouvindo o tropear dos cavallos, voltou os olhos, e conheceu Affonso Henriques.

Em um instante este o havia alcançado. Ao perpassar por elle, travou-lhe do cabeção do vestido, e em um relance ergueu o montante: felizmente os dous cavalleiros arrancaram as espadas, e cruzaram-nas debaixo do golpe que já descia sobre a cabeça do legado: os tres ferros feriram fogo; mas a pancada deu em vão, aliás o craneo do pobre clerigo teria ido fazer mais de quatro redemoinhos nos ares.

"Senhor, que vos perdeis, e nos perdeis, ferindo o ungido de Deus:" — gritaram os dous fidalgos com vozes afflictas.

"Principe" — disse o velho chorando — "não me faças mal; que estou á tua mercê!" — Os dous mancebos tambem choravam.

Affonso Henriques deixou descahir o montante, e ficou em silencio alguns momentos.

"Estás á minha mercê: — disse elle por fim. — Pois bem! Viverás,

---

Gomes: *erat bonus homo, et sinè aliqua malitia, sed jura aliqua non audiverat, immò nec grammaticalia, quod est plus.*

se desfizeres o mal que causaste. Que seja alevantada a excommunhão lançada sobre Coimbra, e jura-me em nome do apostolico, que nunca mais em meus dias será posto interdicto nesta terra portugueza, conquistada aos mouros por preço de tanto sangue. Em refens deste pacto ficarão teus sobrinhos. Se no fim de quatro mezes de Roma não vierem letras de bençam, tem tu por certo que as cabeças lhes voarão de cima dos hombros. Apraz-te este contracto?"

"Senhor, sim! — respondeu o legado com voz sumida.

"Juras?"

"Juro."

"Mancebos, acompanhae-me,"

Dizendo isto, o infante fez um aceno aos sobrinhos do legado, que com muitas lagrymas se despediu delles, e sósinho seguiu o caminho da terra de Sancta Maria.

D'ahi a quatro mezes D. Colleima dizia missa pontifical na capella-mór da sé de Coimbra, e os sinos da cidade repicavam alegremente. Tinham chegado letras de bençam de Roma; e os sobrinhos do cardeal, montados em boas mulas, íam cantando devotamente pelo caminho da Vimieira o psalmo que começa:

In exitu Israel de Ægypto.

Conta-se, todavia, que o papa levára a mal no principio, o pacto feito pelo legado; mas que por fim tivera dó do pobre velho, que muitas vezes lhe dizia:

"Se tu, sancto padre, víras sobre ti um cavalleiro tão bravo ter-te pelo cabeção, e a espada nua para te cortar a cabeça; e seu cavallo tão feroz arranhar a terra, que já te fazia a cova para te enterrar, não sómente deras as letras, mas o papado e a cadeira apostolical."

Nota

A lenda precedente é tirada das chronicas de Acenheiro, rol de mentiras e disparates publicado pela nossa Academia, que teria procedido mais judiciosamente em deixa-las no pó das bibliothecas, onde haviam jazido em paz por quasi tres seculos. A mesma lenda tinha sido inserida pouco anteriormente na chronica de Affonso Henriques por Duarte Galvão, formando a substancia de quatro capitulos, que foram supprimidos na edição deste auctor, e que mereceram da parte do academico D. Francisco de S. Luiz uma *grave* refutação. Toda a narrativa da prisão de D. Theresa, das tentativas *opposicionistas* do bispo de Coimbra, da eleição do bispo negro, da vinda do cardeal, e da sua fuga contrastam a historia daquella epocha. A tradição é falsa a todas as luzes: mas tambem é certo que ella se originou de algum acto de violencia praticado nesse reinado contra algum cardeal legado. Um historiador coevo, e, posto que estrangeiro, bem informado geralmente ácerca dos successos do nosso paiz, o inglez Rogerio de Hoveden, narra um facto acontecido em Portugal, que, pela analogia que tem com o conto do bispo negro, mostra a origem da fabula. A narrativa do chronista está indicando que o acontecimento fizera certo ruído na Europa, e a propria confusão de datas e de individuos, que apparece no texto de Hoveden, mostra que o successo era anterior e andava já alterado na tradição. O que é certo é que o achar-se esta conservada fóra de Portugal desde o seculo duodecimo por um escriptor que Ruy de Pina e Acenheiro não leram (porque só foi publicado no seculo decimo-setimo) prova que ella remonta entre nós, por maioria de razão, tambem ao seculo duodecimo, embora desfigurada como já a vemos no chronista inglez. Eis a notavel passagem a que alludimos, e que se lê a pag. 640 da edição de Hoveden, por Savile:

"No *mesmo anno* (1187) o cardeal *Jacintho*, então legado em toda a Hespanha, depôs muitos prelados *(abbates)* ou por culpas delles ou por impeto proprio, e como quizesse depôr o bispo de Coimbra, o rei*Affonso* (Henriques) não consentiu que elle fosse deposto, e mandou ao dicto cardeal que saísse da sua terra, quando não cortar-lhe-hia um pé."

A Morte do Lidador

I

— Pajens! Ou arreiem o meu ginete murzelo; e vós dai-me o meu lorigão de malha de ferro e a minha boa toledana. Senhores cavaleiros, hole contam-se noventa e cinco anos que recebi o batismo, oitenta que visto armas, setenta que sou cavaleiro, e quero celebrar tal dia fazendo entrada por terras da frontaria dos mouros.

Isto dizia na sala de armas do castelo de Beja Gonçalo Mendes da Maia, a quem, pelas muitas batalhas que pelejara e por seu valor indomável, chamavam Lidador. Afonso Henriques, depois do infeliz sucesso de Badajoz, e feitas pazes com el-rei Leão, o nomeara fronteiro da cidade de Beja, de pouco tempo conquistada aos mouros. Os quatro Viegas, filhos do bom velho Egas Moniz, estavam com êle, e outro muiots cavaleiros afamados, entre os quais D. Ligel de Flandres e Mem Moniz - que a festa de vossos anos, Senhor Gonçalo Mendes, será mais de mancebo cavaleiro que de capitão encanecido e prudente. Deu-vos el-rei esta frontaria de Beja para bem a haverdes de guardar, e não sei se arriscado é sair hoje à campanha, que dizem os escutas, chegados ao romper d'alva, que o famose Almoleimar correr por êstes arredores com dez vêzes mais lanças do que tôdas as que estão encostadas nos lanceiros desta sala de armas.

— Voto a Cristo - atalhou o Lidador - que não cria em que o senhor rei me houvesse pôsto nesta tôrre de Beja para estar assentado à lareira da chaminé, como velha dona, a espreitar de quando em quando por uma seteira se cavaleiros mouros vinham correr até a barbacã, para lhes cerrar as portas e ladrar-lhes do cimo da tôrre da menagem, como usam os vilãos. Quem achar que são duros de mais os arneses dos infiéis pode ficar-se aqui.

— Bem dito! Bem dito! - exclamarem, dando grandes risadas, os cavaleiros mancebos.

— Por minha boa espada! - gritou Men Moniz, atirando o guante ferrado às lájeas do pavimento - que mente pela gorja quem disser que eu ficarei aqui, havendo dentro de dez léguas em redor lide com mouros. Senhor Gonçalo Mendes, podeis montar em vosso ginete, e veremos qual das nossas lanças bate primeior em adarga mourisca.

— A cavalo! A cavalo! - gritou outra vez a chusma, com grande alarido.

Dali a pouco, ouvia-se o retumbar dos sapatos de ferro de muitos cavaleiros descendo os degraus de mármore da tôrre de Beja e, passados alguns instantes, soava só o tropear dos cavalos, atravessando a ponte levadiça das fortificações exteriores que davam para a banda da campanha por onde costumava aparecer a mourisma.

II

Era um dia do mês de julho, duas horas depois da alvorada, e tudo estava em grande silêncio dentro da cêrca de Beja: batia o sol nas pedras esbranquiçadas dos muros e tôrres que a defendiam: ao longe, pelas imensas compinas que avizinhavam o têso sôbre que a povoação está assentada, viam-se ondear as searas maduras, cultivadas por mãos de agarenos para seus novos senhores cristãos. Regados por lágrimas de escravos tinham sido êsses campos, quando formoso dia de inverno os sulcou o ferro do arado; por lágrimas de servos seriam outra vez umedecidos, quando, no mês de julho, a paveia, cercada pela fouce, pendesse sôbre a mão do ceifeiro: chôro de amargura havia aí, como, cinco séculos antes, o houvera: então de cristãos conquistados, hoje de mouros vencidos. A cruz hateava-se outra vez sôbre o crescente quebrado: os coruchéus das mesquitas convertiam-se em campanários de sés, e a voz do almuadem trocava-se por toada de sinos, que chamavam à oração entendida por Deus.

Era esta a resposta dada pela raça goda aos filhos d'África e do Oriente, que diziam, mostrando os alfanges: - "é nossa a terra de Espanha". - O dito árabe foi desmentido; mas a resposta gastou oito séculos a escrever-se. Pelaio entalhou com a espada a primeira palavra dela nos cerros das Astúrias; a última gravaram-na Fernando e Isabel, com os pelouros de suas bambardes, nos panos das muralhas da formosa Granada: e esta escritura, estampada em alcantis de ontanhas, em campos de batalha, nos portais e tôrres dos templos, nos bancos dos muros das cidades e castelos, acrescentou no fim a mão da Providência - "assim para todo o sempre!"

Nesta luta de vinte gera;'oes andavam lidando as gentes do Alentejo. O servo mouro olhava todos os dias para o horizonte, onde se enxergavam as serranias do Algarve: de lá esperava êle salvação ou, ao emnos, vengança; ao menos, um dia de combate e corpos de cristãos estirados na veiga para pasto dos açôres bravios. A vista do sangue enxugava-lhes por algumas horas as lágrimas, embora as aves de rapina tivessem, também, abundante ceva de cadáveres de seus irmãos! E êste ameno dia de julho devia ser um dêsses dias por que suspirava o servo ismaelita.

Almoleimar descera com os seus cavaleiros às campinas de Beja. Pelas horas mortas da noite, viam-se as almenaras das suas talaias nos píncaros das serras remotas, semelhantes às luzinhas que em descampados e tremedais acendem as bruxas em noites de seus folguedos: bem longe estavam as almenaras, mas bem perto sentiam os escutas o resfolegar e o tropear de cavalos, e o ranger das fôlhas sêcas, e o tinir a espaços de alfange batendo em ferro de caneleira ou de coxote. Ao romper d'alva, os cavaleiros do Lidador saíam mais de dois tiros de besta além das muralhas de Beja; tudo porém estava em silêncio, e só, aqui e ali, as searas calcadas davem rebate de que por aquêles sítios tinham vagueados almogaures mouros, como o leão do deserto rodeia, pelo quarto de modôrra, as habitações dos pastôres além das encostas do Atlas.

No dia em que Gonçalo Mendes da Maia, o velho fronteiro de Beja, cumpria os noventa e cinco anos, ninguém saíra, pelo arrebol da manhã, a correr o campo; e, todavia, nunca tão de perto chegara Almoleimar; porque uma frecha fôra pregada a mão em um grosso sovereiro que sombreava uma fonte a pouco mais de tiro de funda dos muros do castelo. Era que nesse dia deviam ir mais longe os cavaleiros cristãos: Lidador pedira aos pajens o seu lorigão de malha de ferro e a sua boa toledana.

Trinta fidalgos, flor da cavalaria, corriam à rédea sôlta pelas campinas de Beja; trinta, não mais, eram êles; mas orçavam por trezentos os homens d'armas, escudeiros e pajens que os acompanhavam. Entre todos avultava em robustez e grandeza de membros o Lidador, cujas barbas brancas lhe ondeavam, como flocos de neve, sôbre o peitoral da cota d'armas, e o terrível Lourenço Viegas, a quem, pelos espantosos golpes da sua espada, chamavam o Espadeiro. Eram formoso espetáculo o esvoaçar dos balsões e signas, fora de suas fundas e soltos ao vento, o cintilar das cervillheiras, as côres variegadas das cotas, e as ondas de pó que se alevantavam debaixo dos pés dos ginetes, como se alevanta o bulcão de Deus, varrendo a face de campina ressequida, em tarde ardente de verão.

Ao largo, muito ao largo, dos muros de Beja cai a atrevida cavalgada em demanda dos mouros; e no horizonte não se vêem senão os topos pardo-azulados das serras do Algarve, que parece fugirem tanto quanto os cavaleiros caminham. Nem um pendão mourisco, nem um albornoz branco alvejam ao longe sôbre um cavalo murzelo. Os corredores cristãos volteiam na frente da linha dos cavaleiros, correm, cruzam para um e outro lado, embrenham-se nos matos e transpõem-nos em breve; entram pelos canaviais dos ribeiros; aparecem, somem-se, tornam a sair ao claro; mas, no meio de tal lidar, apenas se ouvem o trote campassado dos ginetes e o grito monótono da cigarra, pousada nos raminhos da giesteira.

A terra que pisam é já dos mouros; é já além da frontaria. Se olhos de cavaleiros portuguêses soubessem olhar para trás, indo em som de guerra, os que para trás de si os volvessem a custo enxergariam Beja. Bastos pinhais começavam já a cobrir mais crêspo território, cujos outirinhos, aqui e ali, se alteavam suaves, como seio de virgem em viço de mocidade. Pelas faces tostadas dos cavaleiros cobertos de pó corria o suor em bagas, e os ginetes alagavam de escuma as rêdes de ferro acaireladas d'ouro que so defendiam. A um sinal do Lidador, a cavalgada parou; era necessário repousar, que o sol ia no zênite e abrasava a terra; descavalgaram todos à sombra de um azinhal e, sem desenfrear os cavalos, deixaram-nos pascer alguma relva que crescia nas bordas de um arroio vizinho.

Tinha passado meia hora: por mandado do velho fronteiro de Beja um almogávar montou a cavalo e aproximou-se à rédea sôlta de uma selva extensa que corria à mão direita: pouco, porém, correu; uma frecha despedida dos bosques sibilou no ar: o almogávar gritou por Jesus: a frecha tinha-se embebido ao lado: o cavalo parou de repente, e êle, erguendo os braços ao ar, com as mãos abertas, caiu de bruços, tombando para o chão, e o ginete partiu desenfreado através das veigas e desapareceu na selva. O almogávar dormia o último sono dos valentes em terra de inimigos, e os cavaleiros da frontaria de Beja viram o seu transe do repousar eterno.

— A cavalo! A cavalo! - bradou a uma voz tôda a lustrosa companhia do Lidador; e o tinido dos guantes ferrados, batendo na cobertura de malha dos ginetes, soou uníssono, quando todos os cavaleiros cavalgaram de um pulo; e os ginetes rincharam de prazer, como aspirando os combates.

Grita medonha troou ao mesmo tempo, além do pinhal da direita. - "Alá! Almoleimar!" - era o que dizia a grita.

Enfileirados em extensa linha, os cavaleiros árabes saíram à rédea sôlta de trás da escura selva que os encobria: o seu número excedia em conco vêzes o dos soldados da cruz: as suas armaduras lisas e polidas contrastavam com a rudeza das dos cristãos, apenas defendidos por pesadas cervilheiras de ferro e por grossas cotas

40

de malha do mesmo metal: mas as lanças dêstes eram mais robustas, e as suas espadas mais volumosas do que as cimitarras mouriscas. A rudeza e a fôrça da raça gótico-romana ia, ainda mais uma vez, provar-se com a destreza e com a perícia árabes.

III

Trinta fidalgos, flor da cavallaria corriam à rédea solta pelas campinas de Béja; trinta, não mais, eram elles; mas orçavam por trezentos homens d'armas, escudeiros e pagens que os acompanhavam. Entre todos avultava em robustez e grandeza de membros o Lidador, cujas barbas brancas lhe ondeavam como frocos de neve sobre o peitoral da cota d'armas, e o terrível Lourenço Viegas, a quem pelos espantosos golpes da sua espada chamavam o Espadeiro. Era formoso espectaculo o esvoaçar dos balsões e signas, fôra de suas fundas, e soltos ao vento, o scintillar das cervilheiras, as cores variegadas das cotas, e as ondas de pó, que se alevantavam debaixo dos pés dos ginetes, como as alevanta o bulção de Deus, varrendo a face da campina resequida, em tarde ardente de verão.

Ao largo, muito ao largo, dos muros de Béja vai a atrevida cavalgada em demanda dos mouros; e no horizonte não se vêem os topos pardo-azulados das serras do Algarve, que parece fugirem tanto quanto os cavalleiros caminham. Nem um pendão mourisco, nem um albornoz branco alveja ao longe sobre um cavallo murzello. Os corredores christãos volteiam na frente da linha dos cavalleiros, correm, cruzam para um e outro lado, embrenham-se nos matos, e transpõem-nos em breve; entram pelos cannaviaes dos ribeiros; apparecem, somem-se, tornam a sair ao claro: mas no meio de tal lidar apenas se ouve o trote compassado dos ginetes, e o grito monótono da cigarra, pousada nos raminhos da giesteira.

A terra que pisam já é de mouros; é já além da fronteira. Se os olhos de cavalleiros portuguezes soubessem olhar para trás indo em som de guerra, os que para trás de si os volvessem a custo enxergariam Bejá. Bastos pinhais começavam já a cobrir mais ondeado território, cujos outerinhos aqui e alli se alteavam suaves como seio de virgem em viço de mocidade. Pelas faces tostadas dos cavalleiros cobertos de pó corria o suor em bagas, e os ginetes alagavam de escuma as redes de ferro acaireladas de ouro, que os defendiam. A um signal do Lidador a cavalgada parou; era necessário repousar, que o sol ia no zenith e abrazava a terra: descavalgaram todos à sombra de um azinhal, e sem desenfrear os ginetes deixaram-nos pascer alguma relva, que crescia nas bordas de um arroio vizinho.

Tinha passado meia hora: por mandado do velho Fronteiro de Béja um almogavar montou a cavallo, e aproximou-se à rédea solta de uma selva extensa, que corria à mão direita; pouco, porém, correu; uma frecha despedida dos bosques sibilou no ar: o almogavar gritou por Jesus: a frecha tinha-se-lhe embebido no lado: o cavallo parou de repente, e elle, erguendo os braços ao ar com as mãos abertas, cahiu de bruços, tombando para o chão, e o ginete partiu desenfreado através das viegas, e desappareceu na selva. O almogavar dormia o ultimo sonno dos valentes em terra de inimigos, e os cavalleiros da fronteira de Béja viram o seu trance do repousar eterno.

"A cavallo! A cavallo! — bradou a uma voz toda lustrosa a companhia do Lidador; e o tinido dos guantes ferrados, batendo na cobertura de malha dos ginetes, soou unisono, quando todos os cavalleiros cavalgaram de um pulo: e os ginetes rincharam de prazer, como aspirando os combates.

Uma grita medonha troou ao mesmo tempo além do pinhal da direita. — "Allah! Almoleimar! — era o que dizia a grita.

Enfileirados em uma longa linha, os cavalleiros árabes saíram à rédea solta de trás da escura selva que os encubria: o seu numero excedia cinco vezes o dos soldados da cruz: as suas armaduras lisas e polidas contrastavam com a rudeza das dos christãos, apenas defendidas por pesadas cervilheiras de ferro, e por grossas cotas de malha do mesmo metal: mas as lanças destes eram mais robustas, e as suas espadas mais volumosas do que as cimitarras mouriscas. A rudeza e a força da raça gothico-romana iam ainda mais uma vez provar-se com a destreza e com a perícia árabes.

IV

Como longa fita de muitas côres, recamada de fios d'ouro e refletindo mil acidentes de luz, a extensa e profunda linha dos cavaleiros mouros sobressaía na veiga entre as searas pálidas que cobriam o campo. Defronte dêles, os trinta cavaleiros portuguêses, com trezentos homens d'armas, pajens e escudeiros, cobertos dos seus escuros envoltórios e lanças em riste, esperavam o brado de acometer. Quem visse aquêle punhado de cristãos, diante da cópia d'infiéis que os esperavam, diria que, não com brios de cavaleiros, mas com fervor de mártires, se ofereciam a desesperado transe. Porém, não pensava assim Almoleimar, nem os seus soldados, que bem conheciam a têmpera das espadas e lanças portuguêses e a rijeza dos braços que as meneavam. De um contra dez devia ser o iminente combte; mas, se havia aí algum coração que batesse descompassado, algumas faces descoradas, não era entre os companheiros do Lidador, que tal coração batia ou que tais faces descoravam.

Pouco a pouco, a planura que separava as duas hostes tinha-se embbido debaixo dos pés dos cavalos, como no tórculo se embebe a fôlha de papel saindo para o outro lado convertida em estampa primorosa. As lanças iam feitas: o Lidador bradara Santiago, e o nome de Alá soara em um só grito por tôda a fileira mourisca.

Encontraram-se! Duas muralhas fronteiras, balouçadas por violento terremoto, desabando, não fariam mais ruído, ao bater em pedaços uma contra a outra, do que êste recontro de infiéis e cristãos. As lanças, topando em cheio nos escudos, tiravam dêles um som profundo, que se misturava com o estalar das que voavam despedaçadas. Do primeiro encontro, muitos cavaleiros vieram ao chão: um mouro robusto foi derribado por Mem Moniz, que lhe falsou as armas e trapassou o peito com o ferro de sua grossa lança. Deixando-a depois cair, o velho desembainhou a espada e gritou ao Lidador, que perto dêle estava:

— Senhor Gonçalo Mendes, ali tendes, no peito daquele perro, aberto a seteira por onde eu, velha dona assentada à lareira, costumo vigiar a chegada de inimigos, para lhes ladrar, como alcatéia de vilãos, do cimo da tôrre de menagem.

O Lidador não lhe pôde responder. Quando Mem Moniz proferia as últimas palavras, êle topara em cheio com o terrível Almoleimar. As lanças dos dois contendores haviam-se feito pedaços, e o alfanje do mouro cruzou-lhe com a toledana do fronteiro de Beja.

Como duas tôrres de sete séculos, cujo cimento o tempo petrificou, os dois capitães inimigos estavam um defronte do outro, firmes em seus possantes cavalos: as faces pálidas e enrugadas do Lidador tinham ganhado a imobilidade que dá, nos grandes perigos, o hábito de os afrontar: mas no rosto de Almoleimar divisavam-se todos os sinais de um valor colérico e impetuoso. Cerrando os dentes com fôrça, descarregou um golpe tremendo sôbre o seu adversário: o Lidador recebeu-o no escudo, onde o alfanje se embebeu inteiro, e procurou ferir Almoleimar entre o fraldão e a couraça; mas a pancada falhou, e a espada desceu, faiscando, pelo coxote do mouro, que já desencravara o alfanje. Tal foi a primeira saudação dos dois cavaleiros inimigos.

— Brando é o teu escudo, velho infiel; mais bem temperado é o metal do meu arnês. Veremos agora se na tua touca de ferro se embotam os fios dêste alfanje.

Isto disse Almoleimar, dando uma risada, e a cimitarra bateu no fundo do vale penedo desconforme desprendido do píncaro da montanha.

O fronteiro vacilou, deu um gemido, e os braços ficaram-lhe pendentes: a espada ter-lhe-ia caído no chão, se não estivesse prêsa ao punho do cavaleiro por uma cadeia de ferro. O ginete, sentindo as rédeas frouxas, fugiu um bom pedaço pela campanha, a todo o galope.

Mas o Lidador tornou a si: uma forte sofreada avisou o ginete de que seu senhor não morrera. À rédea sôlta, lá volta o fronteiro de Beja; escorre-lhe o sangue, envolto em escuma, pelos cantos da bôca: traz os olhos torvos de ira: ai de Almoleimar!

Semelhante ao vento de Deus, Gonçalo Mendes da Maia passou por entre os cristãos e mouros: os dois contendores viram-se, e, como o leão e o tigre, correram um para o outro. As espadas reluziam no ar; mas o golpe do Lidador era simulado, e o ferro mudando de movimento no ar, foi bater de ponta no gorjal de Almoleimar, que cedeu à violenta estocada; e o dangue, saindo às golfadas, cortou a última maldição do agareno.

Mas a espada dêste também não errara o golpe: vibrada na ânsia, colhera pelo ombro esquerdo o velho fronteiro e, rompendo a grossa malha do lorigão, penetrara na carne até o osso. Ainda mais uma vez a mesma terra bebeu nobre sangue gôdo misturado com sangue árabe.

— Perro maldito! Sabe lá no inferno que a espada de Gonçalo Mendes é mais rija que a sua cervilheira.

E, dizendo isto, o Lidador caiu amortecido; um dos seus homens de armas voou a socorrê-lo; mas o último golpe d'Almoleimar fôra o brado da sepultura para o fronteiro de Beja: os ossos do ombro do bom velho estavam como triturados, e as carnes rasgadas pendiam-lhe para um e para outro lado envôltas nas malhas descosidas do lorigão.

V

Entretanto os mouros iam de vencida: Mem Moniz, D. Ligel, Godinho Fafes, Gomes Mendes Gedeão e os outros cavaleiros daquela lustrosa companhia tinham praticado maravilhosas façanhas. Mas, entre todos, tornava-se notável o Espadeiro. Com um pesado montante nas mãos, coberto de pó, suor e sangue, pelejava a pé; que o seu agigantado ginete caíra morto de muitos tiros de frechas lançadas. De roda dêle não se viam senão cadáveres e membros destroncados, por cima dos quais trepavam, para logo recuarem ou baquearem no chão, os mais ousados cavaleiros árabes. Como um promontório de escarpados alcantis, Lourenço Viegas estava imóvel e sabranceiro n meio do embate daquelas vagas de pelejadores que vinham desfazer-se contra o terrível montante do filho de Egas Moniz.

Quando o fronteiro caiu, o grosso dos mouros fugia já para além do pinhal; mas os mais valentes pelejavam ainda à roda do seu moribendo. O Lidador êsse tinha sido pôsto em cima de umas andas, feitas de troncos e franças de árvores, e quatro escudeiros, que restavam vivos dos dez que consigo trouxera, o haviam transportado para a saga da cavalgada. O tinir dos golpes era já muito frouxo e sumiam-se no som dos gemidos, pragas e lamentos que soltavam os feridos derramados pela veiga ensangüentada. Se os mouros, porém, levavam, fugindo, vergonha e dano, a vitória não saíra barata aos portuguêses. Viam perigosamente ferido o seu velho capitão, e tinham perdido alguns cavaleiros de conta e a maior parte dos homens de armas, escudeiros e pajens.

Foi neste ponto que, ao longe, se viu erguer uma nuvem de pó, que voava rápida para o lugar da peleja. Mais perto, aquêle turbilhão rareou vomitando do seio basto esquadrão de árabes. Os mouros que fugiam deram volta e gritaram:

A Ali-Abu-Hassan! Só Deus é Deus, e Maomé o seu profeta!

Era, com efeito, Ali-Abu-Hassan, rei de Tânger, que estava com seu exército sôbre Mertola e que viera com mil cavaleiros em socorro de Almoleimar.

VI

Cansados de largo combater, reduzidos a menos de metade em número e cobertos de feridas, os cavaleiros de Cristo invocaram o seu nome e fizeram o sinal da cruz. O Lidador perguntou com voz fraca a um pajem, que estava ao pé das andas, que nova revolta era aquela.

— Os mouros foram socorridos por um grosso esquadrão - respondeu tristemente o pajem. - A Virgem Maria nos acuda, que os senhores cavaleiros parece recuarem já.

O Lidador cerrou os dentes com fôrça e levou a mão à cinta. Buscava a sua boa toledana.

— Pajem, quero um cavalo. Onde está a minha espada?

— Aqui a tenho, senhor. Mas estais tão quebrado de fôrças!...

— Silêncio! A espada, e um bom ginete.

O pajem deu-lhe a espada e foi pelo campo buscar um ginete, dos muitos que andavam já sem dono. Quando voltou com êle, o Lidador, pálido e coberto de sangue, estava em pé e dizia, falando consigo:

— Por Santiago que não morrerei como vilão da beetria onde entrou cavalgada de mouros!

E o pajem ajudou-o a montar o cavalo.

Ei-lo o velho fronteiro de Beja! Semelhava um espectro erguido de pouco em campo de finados: debaixo de muitos panos que lhe envolviam o braço e o ombro esquerdo levava a própria morte; nos fios da espada, que a mão direita mal sustinha, levava, porventura, ainda a morte de muitos outros!

VII

Para onde mais travada e acesa andava a peleja se encaminhou o Lidador. Os cristãos afrouxavam diante daquela multidão de infiéis, entre os quais mal se enxergavam as cruzes vermelhas pintadas nas cimeiras dos portuguêses. Dois cavaleiros, porém, com vulto feroz, os olhos turvados de cólera, e as armaduras crivadas de golpes, sustinham todo o pêso da batalha. Eram êstes o Espadeiro e Mem Moniz. Quando o fronteiro assim os viu oferecidos a certa morte algumas lágrimas lhe caíram pelas faces e, esporeando o ginete, com a espada erguida, abriu caminho por entre infiéis e cristãos e chegou aonde os dois, cada um com seu montante nas mãos, faziam larga praça no meio dos inimigos.

— Bem-vindo, Gonçalo Mendes! - disse Mem Moniz. - Quiseste assistir conosco a esta festa de morte? Vergonha era, de feiot, que estivesses fazendo teu passamento, com todo o repouso, deitado lá na saga, enquanto eu, velha dona, espreito os mouros com meu sobrinho junto desta lareira...

— Implacáveis sois vós outros, cavaleiros de Riba-Douro, - respondeu o Lidador em voz sumida- que não perdoais uma palavra sem malícia. Lembra-te, Mem Moniz, de que bem depressa estaremos todos diante do justo juiz.

Velho sois; bem o mostrais! - acudiu o Espadeiro. - Não cureis de vãs porfias, mas de morrer como valentes. Demos nestes perros, que não ousam chegar-se a nós. Avante, e Santiago!

— Avante, e Santiago! - responderam Gonçalo Mendes e Mam Moniz: e os três cavaleiros deram rijamente nos mouros.

VIII

Quem hoje ouvir recontar os bravos golpes que no mês de julho de 1170 se deram na veiga da fronteira de Beja, notá-los-á de fábulas sonhadas; porque nós, homens corruptos e enfraquecidos por ócios e prazeres de vida afeminada, medimos por nossos ânimos e fôrças, a fôrça e o ânimo dos bons cavaleiros portuguêses do sécuo XII; e todavia, êsses golpes ainda soam, através das eras, nas tradições e crônicas, tanto cristãs como agarenas.

Depois de deixar assinadas muitas armaduras mouriscas, o Lidador vibrara pela última vez a espada e abrira o elmo e o crânio de um cavaleiro árabe. O violento abalo que experimentou lhe fêz rebentar em torrentes o sangue da ferida que recebera das mãos de Almoleimar e, cerrando os olhos, caiu morto ao pé do Espadeiro, de Mem Moniz e de Afonso Hermingues de Baião, que com êles se ajuntara. Repousou, finalmente, Gonçalo Mendes da Maia de oitenta anos de combates!

Já a êste tempo cristãos e mouros se haviam descido dos cavalos e pelejavam a pé. Traziam-se assim à vontade, e recrescia a crueza da batalha. Entre os cavaleiros de Beja espalhou-se logo a nova da morte do seu capitão, e não houve ali olhos que ficasem enxutos. O despeito do próprio Mem Moniz deu lugar à dor, e o velho de Riba-Douro exclamou entre soluços:

— Gonçalo Mendes, és morto! Nós todos quantos aqui somos, não tardará que te sigamos; mas ao menso, nem tu, nem nós ficaremos sem vingança!

— Vingança! - bradou o Espadeiro com voz rouca, e rangendo os dentes. Deu alguns passos e viu-se o seu montante reluzir, como uma centelha em céu proceloso.

Era Ali-Abu-Hassan: Lourenço Viegas o conhecera pelo timbre real do morrião.

IX

Se já vivestes vida de combates em cidade sitiada, tereis visto muitas vêzes um vulto negro que em linha diagonal corta os ares, sussurrando e gemendo. Rápido, como um pensamento criminoso em alma honesta, êle chegou das nuvens à terra, antes que vos lembrásseis do seu nome. Se encontrou na passagem ângulo de tôrre secular, o mármore converte-se em pó; se atravessou, pelas ramas de árvore basta e frondosa, a fôlha mais virente e frágil, o raminho mais tenro é dividido, como se, com cutelo sutilíssimo, mão de homem lhe houvera cerceado atentamente uma parte; e, todavia, não é um ferro açacalado: é um globo de ferro; é a bomba, que passa, como a maldição de Deus. Depois, debaixo dela, o chão achata-se e a terra espadana aos ares; e, como agitada, despedaçada por cem mil demônios, aquela máquina do inferno estoura, e de roda dela há um zumbir sinistro: são mil fragmentos; são mil mortes que se derramam ao longe. Então faz-se um grande silêncio vêem-se corpos destroncados, poças de sangue, arcabuzes quebrados, e ouvem-se o gemer dos feridos e o estertor dos moribundos.

Tal desceu o montante do Espadeiro, rôto dos milhares de golpes que o cavaleiro tinha descarregado. O elmo de Ali-Abu-Hassan faiscou, voando em pedaços pelos ares, e o ferro cristão esmigalhou o crânio do infiel, abriu-o até os dentes. Ali-Abu-Hassan caiu.

— Lidador! Lidador! - disse Lourenço Viegas, com voz comprimida. As lágrimas misturavam-se-lhe nas faces com o suor, com o pó e com o sangue do agareno, de que ficou coberto. Não pôde dizer mais nada.

Tão espantoso golpe aterrou os mouros. Os portuguêses seriam já apenas sessenta, entre cavaleiros e homens d'armas: mas pelejavam como desesperados e resolvidos a morrer. Mais de mil inimigos juncavam o campo, de envôlta com os cristãos. A morte de Ali-Abu-Hassan foi o sinal da fugida.

Os portuguêses, senhores do campo, celebravam com prantos a vitória. Poucos havia que não estivessem feridos; nenhum que não tivesse as armas falsadas e rôtas. O Lidador e os demais cavaleiros de grande conta que naquela jornada tinham acabado, atravessados em cima dos ginetes, foram conduzidos a Beja. Após aquêle tristíssimo préstito, iam os cavaleiros a passo lento, e um sacerdote templário, que fôra na cavalgada com a espada cheia de sangue metida na bainha, salmodeava em voz baixa aquelas palavras do livro da Sabedoria:

"Justorum autem animae in manu Dei sunt, et non tangent illos tormentum mortis".

48

O Parocho da Aldeia
Prologo

Como a philosophia é triste e arida! Ás vezes, na primavera, o vento norte atira-se pelas encostas, tombando dos visos da serra, como se uma intelligencia vivesse n'elle, intelligencia de maldade e destruição. De noite e de dia os troncos das arvores torcem-se e gemem, as ramas açoutam-nos, e despedaçam-se involtas nos braços longos e flexiveis da ventania: o demonio do septentrião sibilla no meio dellas um zumbido entre de lamento e d'escarneo. Debalde o bosque estende saudoso por um momento os seus mais altos raminhos para o sol que se vae alevantando no oriente: a rajada despega de novo da cumiada da montanha; o bosque curva-se para o meio-dia; e galgando por cima daquellas mil frontes inclinadas das plantas gigantes, das rainhas magestosas da vegetação, os turbilhões da atmosphera agitada rolam pela planicie coberta já de relva entresachada das primeiras florinhas. Então, relva e florinhas murcham-se esmagadas pelas mãos da procella, que tudo alcançam, fustigam e desbaratam. Os carvalhos frondosos e as boninas rasteiras, com a fronte pendida para a terra, como outros tantos symbolos do desalento, não ousam ergue-la para o céu. É que, rugindo, a rajada cahe da montanha em perenne catadura. Ás vezes, como por brinco infernal, o vento finge adormecer um instante, e depois remoinha e apruma os topos das arvores e as corolas das flores, mas é para logo as vergar com mais força, e apupar com o silvo insolente aquella rapida esperança, que se desvaneceu tão breve.

E quando o vento acalma é para saltar ao ponente ou ao sul. A rajada já não silva da montanha: uma bafagem tepida vem da banda do mar; mas o ceu está toldado e o ar humido: o dia passa melancholico e pesado sobre a bonina que a nortada açoutou: ella não pôde saudar o sol no oriente: está pendida e murcha como a ventania a deixára. A noite vem encontra-la n'uma especie de torpor, que é existir, mas que não é vegetar, e ainda menos viver.

Como a florinha do campo a alma por onde passou a procella da philosophia, esse turbilhão transitorio de doutrinas, de systemas, de opiniões, de argumentos, pende desanimada e triste; e na claridade baça do septicismo, que torna pesada e fria a atmosphera da intelligencia, não pôde aquecer-se aos raios esplendidos do sol de uma crença viva.

Com Kant o universo é uma duvida: com Locke é duvida o nosso espirito: e n'um destes abysmos vem precipitar-se todas as philosophias.

A arvore da sciencia, transplantada do Eden, trouxe comsigo a dor, a condemnação e a morte: mas a sua peior peçonha guardou-se para o presente: foi o scepticismo.

Feliz a intelligencia vulgar e rude, que segue os caminhos da vida com os olhos fitos na luz e na esperança postas pela religião além da morte, sem que um momento vacille, sem que um momento a luz se apague ou a esperança se desvaneça! Para ella não ha abraçar-se com a cruz em impeto de agonia, e clamar a Jesus:—- "Creio, creio, oh Nazareno! Creio em ti, porque a tua moral é sublime; porque eras humilde e virtuoso; porque filho da raça soffredora e austera chamada o povo, eras meu irmão, e não podias, tão bom, tão singelo, tão puro enganar teu pobre irmão. Creio, creio, oh Nazareno! porque até a hora do expirar na ignominia, até a hora da grande prova, nunca desmentiste a tua doutrina. Creio, creio, oh Nazareno! porque tu só nos explicaste o mysterio desta associação monstruosa da saude e do ouro, do poderio e dos crimes a um lado; a da enfermidade e da pobreza, da servidão e da innocencia a outro; porque nos explicaste como os destinos humanos se compensavam além do sepulchro. Creio, creio, oh Nazareno! porque só tu soubeste revelar a consolação á extrema miseria sem horisonte, e os terrores á completa felicidade sem termo na vida, collocando no logar do destino a providencia, e do nada a immortalidade! Creio, creio, oh Nazareno! porque a intensidade do teu viver é um impossivel humano; a victoria da tua doutrina severa contra a philosophia e o paganismo um milagre; a gloria do teu nome de suppliciado maior que todas as glorias das mais altas e virtuosas intelligencias do mundo. Mas foste, na verdade, um Deus?"

Não, o animo vulgar que nunca vacillou na fé, que nunca discutiu o Verbo, nunca julgou o Christo, possuido do insensato orgulho da sciencia, esse não sabe a dolorosa oração do que pede a Deus o crer; ignora quanto fel encerra a interrupção contínua de cada phrase, de cada palavra daquelle tormentoso orar; ignora o que é atirar-se aos pés da cruz por um impulso quasi phrenetico do coração, sentir a voz gelida, pesada, cruel do entendimento dizer-lhe tranquillamente—*quem sabe!*"—e cahir desanimado no lethargo da duvida, d'onde muitas vezes bem tarde se alevanta o espirito, opprimido e quebrado, porque nelle pelejaram horas largas o instincto religioso e o demonio implacavel a que chamam sciencia.

A sociedade é bem injusta quando ás faces do desgraçado, que assim lucta comsigo mesmo, sacode o lodo da injuria, dizendo-lhe: —hypocrita!—porque escondeu aos que o rodeiam, não as certezas, que não as tem, mas as duvidas terriveis da intelligencia, e lhes revelou só as inspirações, os desejos, as saudades do coração! —Hypocrita?! Tanto como o que, havendo-se transviado da estrada e cahido em fojo profundo, dorido, coberto de pisaduras e feridas, e ensanguentando as mãos e o rosto nas urzes do despenhadeiro, lidasse por saír delle e voltar ao caminho suave e plano, e bradasse aos que visse ao longe:—"não vos affasteis para aqui!"—Hypocritas são aquelles que mentem aos que os escutam; que simulam a paz do descrer tranquillo, quando vae lá dentro o tumultuar das incertezas. Como Satanaz elles dizem que o inferno é o ceu; dizem que a irreligiosidade tem o segredo do repouso e da ventura, quando o que ella dá é inquietação e desesperança.

Feliz a alma vulgar e rude que crê, e nem sequer sabe que a duvida existe no mundo! Está certa de que além da morte ha vida; conhece as suas condições; conhece-as como lh'as ensinaram, como conhece as condições dos corpos. Para ella as noites não tem os pesadellos monstruosos, nem os dias as meditações febris em que o sceptico involuntario se debate na orla do possivel, que toca por um lado nas solidões do nada, por outro na immensidade de Deus.

Mas ainda mais feliz a intelligencia superior ás do vulgo, aquella que a Providencia destinou á missão do poeta, nos annos da infancia e da juventude, antes que o arido bafo da sciencia a queimasse passando por cima della! Nesse espirito e nessa idade a religião não está só nos preceitos e nos dogmas; está na natureza inteira. A alegria de Deus, o aspirar das fragrancias celestes, a toada suavissima dos hymnos dos anjos, descem a ella nos raios do sol quando nasce e quando desapparece; tremulam no espelhar-se da lua nas aguas; misturam-se no cicio das arvores; entretecem-se com os mil gemidos da noite; vivem nas affeições domesticas, e sanctificam o primeiro bater do coração pelo amor. Tudo então é viçoso e puro, porque a alma poetica lhe empresta viço e pureza. As harmonias moldadas, na virilidade, pelas leis das linguas e das escholas, são apenas um eccho frouxo desses canticos da meninice e da primeira mocidade, que se evaporam sem se escreverem, que são um oceano de delicias ineffaveis em que se embala mollemente a imaginação e o sentir do homem, a quem o mundo ha-de chamar poeta. Nessa epocha da vida elle não abstrahe do real para salvar verdadeira e intacta a sua idealidade: faz mais; derrama esta, que é a seiva intima do seu viver, pelo universo, e converte-o n'uma cousa formosa, sancta, ideal, que o mundo está bem longe de ser.

Depois vem outra epocha da vida, em que a felicidade é mentida, mas ainda é felicidade, posto que já eivada de vaga inquietação, de ambições desregradas, de esperanças mesquinhas e contradictorias. São os annos qnc precedem e seguem immediatamente os vinte.

Abrem-se ante nós os caminhos do mundo como uma conquista. Gloria d'artistas, poderio, opulencia, acções generosas e grandes, amor sem termo, amizade sem perfidias, vida multiplicada indefinidamente pela infinidade de affectos; que ha, emfim, que não sonhemos nessa epocha de fervente loucura? A innocencia morreu, a poesia intima e crente desbaratou-se, o sentimento religioso esmoreceu; mas ficam os deleites dos sentidos, que nos embriagam; os applausos das multidões aos nossos hymnos descorados, que ellas ainda julgam energicos e brilhantes; applausos que nos desvairam: fica-nos uma philosophia orgulhosa e insensata, que se crê profunda, uma sciencia superficial, que se crê completa, pela qual dormimos tranquillos sobre a negação de todas as idéas mysticas, e de todas as lembranças de Deus.

Desta idade em diante é que chega o desfazer das illusões, até das illusões do orgulho. A poesia suave e pura da infancia e da puberdade passou: passa também o iris das paixões férvidas, das ambições insaciaveis, da crença na propria energia. Começa então o pardo crepusculo deste scepticismo, que, semelhante a herpes lentos, vae lavrando por todas as nossas opiniões e affectos, e os prostra e subjuga. Desde essa epocha a vida tem largas horas de tedio, em que o existir é uma carga pesada, porque nos falta um alicerce em que possamos firmar-nos; porque fluctuamos sobre as nevoas densas do duvidar de tudo.

O materialismo incredulo já tirou das phases espirituaes dos altos engenhos argumento contra a immortalidade. Com a sua logica miope persuadiu-se de que via as enfermidades e a decadencia da alma acompanharem as enfermidades e a decadencia do corpo; que via o entendimento cachetico esmorecer com a decrepidez; quiz que elle na morte ficasse perdido e annullado entre as cinzas da sepultura. Se o materialismo soubesse que a vida das summas intelligencias é a poesia, e que essa vida segue a ordem inversa do desinvolvimento physico; se conhecesse que a energia intima tem o seu apogeu nos annos debeis da infancia, e começa a desvanecer-se quando os orgãos se fortalecem, elle não teria achado a explicação do phenomeno nas suas tristes doutrinas. Nos destinos eternos dos homens iria encontrar a razão desse facto, que então veria á sua luz verdadeira. Os olhos da alma vão-se pouco a pouco ennevoando no meio das trevas do mundo: nesta atmosphera grosseira e corrupta ella resfolga a custo, e com o diminuir dos alentos diminuem-se-lhe successivamente os brios: cada dia lhe desfolha um affecto, lhe discute uma crença, lhe mata uma esperança, lhe traz um desengano cruel. Entre o espirito e o mundo partiram-se um a um todos os laços. Vós crêdes que a mente se definha, e ella apenas dormita para despertar vigorosa ao sol da eternidade, que rompe atrás do sepulchro.

Tomae-me esse octogenario tonto que foi um alto engenho: cavae no deserto do seu coração gasto e frio, e arrancae-me de lá uma daquellas paixões que ardem até o ultimo instante da existencia: vibrae uma corda das que lhe davam na idade viril um som estridente: dizei-lhe:—"teu filho querido foi arrastado ao tribunal como criminoso; espera-o o supplicio se não houver uma voz eloquente que o defenda: se ella se erguer será salvo; e tu foste na mocidade o mais eloquente dos homens!"—Dizei-lhe isto, e vereis esse engenho, que crêdes moribundo, atirar-se como um tigre ao meio dos juizes, e achar toda a energia dos vinte e cinco annos para defender aquella vida que a natureza ligou á sua pelas harmonias mysteriosas da paternidade. Se as palavras, se o orgão extenuado da linguagem não podér exprimir o pensamento daquella alma remoçada subitamente, o gesto, o olhar, os meneios substituirão a lingua, e se cansados e debeis não bastarem á violencia da idéa, o espirito despedaçará o quasi cadaver, e despedindo-se da terra provará que, se dormitava, não se extinguia, e que, despertando, partia o vaso fragil que já não o podia conter.

Tal é o destino da intelligencia neste breve desterro: dous dias conserva as recordações verdadeiras e puras da sua origem immortal: outros dous alumia-se ao fogo fatuo das paixões e esperanças: o resto delles revolve-se na lucta tormentosa das idéas, dos affectos, dos desenganos: depois vem o dormitar da velhice, e a regeneração da morte.

Eu, que já vou áquem do marco, onde começa o terceiro periodo da vida humana, a sós ás vezes com as minhas recordações infantis, ponho-me a comparar o aspecto prosaico e triste, que tem actualmente para mim o universo, com as fórmas suaves e poeticas em que elle me apparecia involto nesses tempos dourados. É uma comparação amarga; mas a saudade que encerra consola do seu amargor.

Hoje a lua no crescente alevanta-se ao anoitecer de um dia sereno do estio, e estende o manto de lhama de prata sobre a face levemente crespa das aguas: os seus raios, transparecendo por entre o verdenegro das copas do arvoredo, que se balouçam somnolentas, descem tremulos sobre o chão pardo, e mosqueam-lhe a superficie como um dorso de panthera. A viração tenuissima da tarde passa e murmura um cicio quasi imperceptivel na folhagem. Em volta do circulo alvacento que o luar esparge no ceu, scintillam algumas estrellas no azul do firmamento, que parece o leito recamado de saphyras em que se reclina a rainha da noite.

Ha quinze ou vinte annos uma tal noite tinha para mim um sem numero de mysteriosas harmonias, que eu não sabia explicar, mas que sabia sentir. Agora sei dizer-vos o que é a lua, a sua luz refracta, a noite, a viração, o vulto das aguas encrespadas, as estrellas, e as solidões do espaço; mas o que eu já não sei é verter lagrymas de ineffavel contentamento, que se me escoavam tepidas pelas faces ao contemplar as harmonias immateriaes e intimas, que vagavam pela atmosphera tranquilla, como uns echos longinquos de harpa angelica, tombando de astro em astro até se derramarem na terra.

Dae-me uma nota só dos canticos que eu então escutava; dar-vos-hei em troca toda a minha estupida e inutil sciencia!

Mas essa epocha da vida não voltará mais, porque não póde retroceder uma unica onda do rio impetuoso do tempo! Depois da taça do mel esgotada resta a do absinthio. Que se resigne e espere aquelle que vae devorando os dias da duvida e do desalento. Chegará a hora de renascer para a poesia e para a certeza: será a da morte. A Providencia foi ainda generosa comnosco, consentindo-nos que a espaços affastemos dos labios o calix do fel, e deixando que nestes momentos rasguem o nosso longo e tedioso crepusculo alguns raios transitorios de luz. A memoria é o instante de repouso, e a saudade o clarão suave que nos illumina.

Recordar-se—consolar-se.

Capítulo I: A Aldeia e o Presbyterio

Uma das cousas que nas recordações da juventude ainda espiram para mim poesia e saudade é a imagem de um velho prior d'aldeia que conheci na minha meninice. Hoje tão bondosos, tão alegres, tão veneraveis, ha-os por certo ahi, e muitos: eu é que não sei conhecê-los. A auréola, que então rodeava as cans do sacerdote ancião, desvaneceu-se pouco a pouco; desvaneceu-a a experiencia do mundo, como tantas mil crenças e imaginações de outr'ora! Elle morreu já, por certo; mas vivo que fosse, eu não sentiria ao vê-lo, ao falar-lhe, aquella especie de alegria timida, de confiança receiosa que nesse tempo o bom do velho me inspirava. Parecia-me que estando ao pé delle estava mais perto de Deus, cujo valído, por assim dizer, era o padre prior. Não sabia o sacerdote essa lingua que eu cria falar-se no ceu, o latim, que então era para mim cousa mysteriosa e sancta? Não trajava ás vezes os trajos da côrte celeste, o amicto, a casula, o pluvial, com que estavam vestidos alguns vultos de anjos pintados em tres ou quatro antiquissimos quadros do presbyterio? Quando nas suas practicas, depois da missa do dia, narrava os gosos da bemaventurança, os tormentos do purgatorio, e os tractos intoleraveis do inferno, não juraria qualquer que elle já peregrinára largos annos além do sepulchro, ou que voz de cima lhe revelava tantas maravilhas e tão solemnes terrores? Evidentemente o velho clerigo estava mais perto dos degraus do throno divino que toda a outra gente, e, por me servir da linguagem politica, exercia em nome do céu uma delegação na terra; era uma especie de *missus dominicus* da Providencia. E quando elle, apezar dos meus tenros annos, me escolhia para acolyto, para estafar a porção de latim do missal, que as rubricas inexoraveis subtrahiam ao seu imperio, sorriam-me as esperanças, algum tanto vaidosas, de obter de Deus deferimento ás minhas pretenções infantis, como costumam sorrir ao requerente, a quem deputado de grande conta mostra familiaridade na presença de omnipotente ministro.

Hoje o latim do padre prior parecer-me-hia um tanto barbaro, e talvez barbarissima a sua prosodia: nas vestes sacerdotaes acharia os trajos romanos do imperio atravessando, immutaveis como a igreja, por entre as transformações da moda e do luxo; nos quadros do presbyterio riria da ignorancia e mau gosto do pobre pintor; e nas descripções das venturas e tormentos da outra vida descubriria unicamente uma incarnação grosseira em imagens materiaes das revelações profundas do espiritualismo christão. É que nesse tempo tudo me chegava aos olhos da alma alumiado, risonho, variegado, porque tudo transparecia através de um prisma de sete côres, da innocencia singela e credula da infancia; e hoje tudo me parece como a folha que cahiu da arvore no outono, murcho e desbotado, passando através da atmosphera nevoenta e triste da sciencia e do orgulho. Então o velho parocho affigurava-se-me mais que um homem; hoje, na escala das desigualdades humanas, provavelmente só acharia para elle um bem modesto logar.

A aldeia em que o bom do clerigo pastoreava o seu rebanho espiritual estava assentada na falda de um monte, e pouco inferior a ella dilatava-se uma veiga, que ao longe, lá bastante ao longe, ía bater no mar. No alto da povoação ficava o presbyterio. Era a igreja, segundo hoje se me affigura (e tenho-a bem presente) daquelle gosto duvidoso entre a architectura christan que expirava, e a da restauração romana, que ainda se não comprehendia: era um desses templosinhos construidos nos fins do reinado de D. Manuel e durante o de D. João III, de que tão grande numero resta ainda pelas parochias de Portugal, e que são mais um argumento de que os nobres conquistadores da India, donatarios das terras e padroeiros das igrejas, não voltavam do oriente com as mãos vazias. A devoção nesses tempos era um objecto de luxo: edificar uma igreja ou uma capella equivalia a ter hoje um camarote em S. Carlos, ou um cocheiro com estrigas de linho na cabeça e chapeu triangular.

A portada da igreja, de arco tricentrico firmado em pilares polystylos de meio relevo, era o mais claro testemunho da idade provecta do presbyterio. A residencia parochial, originariamente do mesmo estylo, estava já civilisada: uma porta rectangular substituíra a antiga. Esquadriadas estavam tambem as duas janellas do sobrado de differentes dimensões, e affastadas uma da outra; e nos seus postigos da esquerda via-se o moderno conforto das vidraças. Não quero dizer com este elogio á morada do padre prior que a igreja tinha resistido, teimosa como um velho caturra, aos progressos da civilisação. Pelo contrario. Estava mais alindada ainda. Uma irmandade, ou não sei quem, que entendia na fabrica, havia pintado de ochre tudo o que era pedra, de vermelhão tudo o que era azulejo. As camaras municipaes das grandes cidades, os conegos das collegiadas e sés ainda não passaram do ochre; e uma pobre irmandade da aldeia já tinha ha vinte annos vencido a méta a que apenas hoje chegam o municipio e a cathedral.

O que, porém, escapou ao ochre e ao vermelhão dos mesarios do burgo foram dous seculares e formosos platanos que sombreavam o portal do presbyterio: na febre amarella, que grassa tão furiosa pelo senso esthetico dos nossos magistrados populares e das nossas dignidades ecclesiasticas, admira que tenha esquecido estender o beneficio da caiadura gemada aos troncos rugosos e carrancudos das velhas arvores, que rodeiam os edificios ou as praças. Verdade é que todos os dias alguma desaba sob os golpes do machado. Isto é melhor: mas porque não haveis de remoçar as que vão escapando com as lindezas e alegrias canonico-municipaes?

Bellos e veneraveis eram os dous platanos. O adro, cubriam-no todo com as suas sombras fechadas, e só pela volta da tarde, principalmente no outono, é que algumas resteas açafroadas do sol no poente se estiravam por debaixo delles, e lá íam bater frouxas no limiar da igreja pulído do contínuo perpassar, e na porta de um vermelho desbotado, onde nesse tempo começavam a alvejar os remendos brancos com que as revoluções converteram os áditos dos templos em pelourinhos eleitoraes.

Á entrada do adro alevantava-se uma grande cruz de madeira pintada de preto, em cuja haste mãos devotas tinham atado um ramo de flores, e este ramo, no meio do qual havia um pé de perpetuas, era a imagem das vaidades do mundo ao redor da religião do calvario, immutavel no meio dellas. As outras flores tinham-nas mirrado os ardores do estio: só restavam do morto ramilhete as immarcessiveis perpetuas.

Era n'um poial que servia de base á cruz, onde áquella hora do pôr do sol o padre prior vinha muitas vezes sentar-se; e alli estava tempo esquecido, ora alongando os olhos pelas solidões do mar, que lá em baixo no fundo do extenso valle quebrava nas rochas, ora traçando attentamente na terra com a sua grande bengala de castão de marfim diversas figuras, se geometricas não o sei dizer, porque hoje não creio tanto na geometria do padre prior como então cria nas suas terriveis revelações do outro mundo tiradas do *Speculum Vitae*. O que, porém, eu sentia melhor do que hoje, sem então o saber explicar, era a suave e profunda poesia que respirava esse quadro do velho sacerdote juncto do symbolo religioso, áquella luz moribunda da ultima hora do dia, em que uma curta saudade melancholica vem como percursora da noite pousar-nos sobre o coração. Não o imaginava nesse tempo, mas imagino agora por onde vaguearia a mente do velho clerigo em quanto a bengala ía d'um para outro lado cruzando linhas tortuosas e incertas. Os ultimos instantes de moribundo, os quaes elle tinha adoçado com as consolações da fé; a esmola tirada da escassa congrua para enxugar lagrymas de viuvas e de orphãos; os conselhos paternaes dados á mocidade, salva assim por elle de largos dias de remorsos e amargura; os odios convertidos em perdão entre inimigos; as dissensões domesticas pacificadas pela conciliação do pastor; todo o bem, emfim, que por trinta ou quarenta annos elle havia semeado na aldeia, desde as ultimas casinhas de colmo que alvejavam caiadas na orla pallida dos campos até o altar do presbyterio, fructificava talvez ante os olhos da sua alma, n'esses momentos de extasi, em rica seára de esperanças, cujos fructos enthesourava no céu. Depois, a cruz hasteada juncto delle lhe viria lembrar o nada das diligencias que empregára, dos sacrificios que fizera para verter algum balsamo de ventura nas chagas dolorosas da vida; para remir da perdição as ovelhas transviadas do pobre rebanho que lhe fôra confiado. A cruz negra no seu eloquente silencio contava-lhe sacrificios infinitamente mais arduos que os delle, feitos, não em proveito d'uma aldeia ou d'um povo, mas para remir o genero-humano. Por isso lhe via ás vezes deixar pender a fronte calva sobre o peito, e tomar-lhe o rosto uma expressão singular, inexplicavel nessa epocha para mim, mas que era o desalento que lhe gerava no espirito a terrivel comparação das suas acções com as do Suppliciado do Calvario, ao qual tomára por modelo, e que jurára imitar. Muitas vezes espantava-me de que se conservasse assim engolfado em seus pensamentos até que o sino das ave-marias o vinha despertar; e na minha alegria da infancia, vendo-o tão triste e carrancudo, pensava comigo, que o padre prior se ía tornando com a idade tonto e aborrido. Todavia, era que o bom velho nesses momentos de meditação volvia atraz os olhos para os caminhos da sua vida, onde esperava achar alguns vestigios brilhantes de obras virtuosas; mas esses caminhos, sumidos na penumbra da cruz, não os percebia senão como uma nuvemsinha escura e duvidosa através da luz immortal das virtudes e dos beneficios do Christo.

Ao tocar, porém, das ave-marias todas aquellas imaginações desconsoladas, se elle as tinha, como hoje creio, desappareciam por um movimento habitual do espirito e do corpo; este para se erguer, aquelle para orar. Sobraçada a bengala, em pé, com as mãos postas, segurando ao mesmo tempo entre ellas o seu chapéu de tres ventos, com a cabeça um pouco inclinada para o chão, o padre prior murmurava em voz baixa aquella tão poetica oração do despedir do dia. Os trabalhadores, que, voltando das fadigas do campo, acontecia passarem por ahi nessa occasião, descobriam-se tambem, e encostando-se ao ancinho ou á enxada punham as mãos e resavam até que o reverendo, acabando os latinorios, que elles íam repetindo em vulgar, lhes dizia:—Boas noites, rapazes, vá a cobrir."—E os ganha-pães cobriam-se, respondendo:—Guarde-o Deus, padre prior:"—E partiam: e elle assentava-se outra vez a olhar para o poente, onde o sol, que se affundíra no mar, deixava entre si e a noite, precipitando-se após elle das alturas do céu, uma barra de vermelhidão e ouro, que se estirava para um e outro lado do horisonte como tentando embargar o caminho ás trevas. E alli estava scismando até que a tia Jeronyma alçava meia adufa de uma janella baixa, que dava claridade á cozinha, e o chamava para a ceia, ao que promptamente obedecia, porque cumpre advertir que o padre prior não só respeitava á carga cerrada todas as tradições do catholicismo romano, mas tambem a sabedoria tradicional do povo, que neste capitulo de ceia resa que deve ser comida sem sol, sem luz, e sem moscas, momento fugitivo do expirar do dia, que não consta deixasse jámais passar por alto a boa da tia Jeronyma.

Nunca me ha-de esquecer aquella hora na aldeia, a luz crepuscular da atmosphera, as gelosias dos aposentos inferiores da residencia parochial, e a sancta velha da tia Jeronyma que teria proporcionado mais um capitulo a Chateaubriand sobre a poesia das usanças christans, se esse illustre escriptor houvesse uma vez saboreado as filhós que ella compunha para celebrar o Carnaval; —e os seus bolos da Natividade—e a sua ôlha e o seu anho assado da Paschoa. Não!—Saudades de tudo isso, durante a minha vida inteira, em qualquer fortuna, no meio das mais graves cogitações, nunca hei-de affastar-vos impaciente quando vierdes, como creança travessa, baralhar-me um periodo de trabalhada prosa, ou aleijar-me com um verso parvo uma estrophe soffrivel. Vinde, meus amores antigos, que para vós esta fronte não saberá arrugar-se; esta bôca não terá esses monosyllabos duros e gelados com que se repellem importunações d'indifferentes. Vinde, e demorae-vos comigo, e palrae por uma hora, por um dia, por uma semana, que vos escutarei sempre sorrindo; e quando fôr ao sol posto, que os ouvidos da minha alma vos ouçam reproduzir vivas, harmoniosas, melancholicas as lentas badaladas das ave-marias, não como agora as ouço ás vezes no meio do ruído confuso, aspero, estridente do povoado, mas partindo da aldeia ainda deserta dos seus moradores, rolando pela veiga, espriguiçando-se pelo prado, rumorejando pelas quebradas da encosta ou pelo pinhal do cabeço, e indo morrer lá muito ao longe nas toadas duvidosas de uma cantiga de lavadeiras, ou no tinir das esquillas de um rebanho de ovelhas, que se encaminham pára o aprisco ao sibilar do pastor. Repeti-m'as assim, puras, campestres, vibradas n'um ar puro e sonoro, livres por um horisonte immenso, e ter-me-heis despertado um affecto consolador, o qual valerá mais que todas as ambições, que todos os contentamentos, que todas as esperanças do mundo.

Tem-se discutido os sinos, como se discute quanto ha no universo. Desde a existencia objectiva ou material deste mundo até a legitimidade do chocalho pendurado ao pescoço da cabra retouçando pelas ruas de qualquer capital, que resta ainda ahi para se lhe trazerem á praça os prós e os contras? Das definições possiveis do homem uma só é verdadeira: o homem é o animal que disputa. Os sinos têem tido amigos e inimigos: e porquê? Pela mesma razão porque sobre tudo ha duas opiniões contradictorias. É que tudo tem duas faces diversas. O vento sul é meigo para a arvore que veceja no recosto septentrional da montanha, e açoute da que vegeta no pendor opposto: o norte é o supplicio da primeira, e grato para a segunda. N'isto está cifrada a historia das contradicções humanas.

Os sinos, collocados em campanario de parochia aldeian, ou de mosteiro solitario, são uma cousa poetica e sancta: os sinos, pendurados nas torres garridas de garridissimas igrejas das cidades de hoje, são uma cousa estupida e mesquinha. O sino é um instrumento accorde com as vastas harmonias das serras e dos descampados. Assim como o orgão foi feito para reboar pelas arcarias profundas de uma cathedral gothica, para vibrar na atmosphera mal alumiada pelas frestas estreitas e ogivaes, do mesmo modo o sino foi perfilhado pelo christianismo para convocar os seus humildes sectarios occupados nos trabalhos campestres. Quando se associou o sino ao culto? Ignoramo-lo: ignoramo-lo, porque foi a religião serva e perseguida que o sanctificou: e quando os poderosos da terra a acceitaram para si, então entrou elle nas cidades soberbas. Lá converteu-se n'uma cousa insignificante e impertinente. É mais um ruído intoleravel para ajunctar aos outros ruídos discordes que troam por essas ruas e praças. O sino, tornado cortesão e fidalgo, é semelhante ao orgão trazido para o aposento do baile, ou, o que vale quasi o mesmo, para essas salas ao divino, bonitas, vaidosas, douradinhas, que insensatos edificam para as admirações de parvos.

E com estas digressões esquecemo-nos do padre prior. Não

importa. Deixa-lo ceiar em paz, e resar o breviario. Eram estas, entre outras, duas phases graves e sérias de todos os seus dias. Depois, emquanto a velha Jeronyma punha em ordem a casa, elle pegava em um livro da pequena estante que lhe ficava á cabeceira, e lia ou uma lenda pia do Flos-Sanctorum de Rosario, ou um tracto d'aquellas grandes historias de Fr. Bernardo de Brito, até que o somno tranquillo de uma boa e san consciencia, apertando-lhe com os dedos rosados as palpebras, o entregava aos sonhos placidos que só a alvorada vinha interromper, quando o perigo imminente de alguma das suas ovelhas o não obrigava a erguer-se alta noite, ao som do resmungar malsoffrido e, até certo ponto, impio da tia Jeronyma. No horisonte limpo e sereno destas duas vidas innocentes, destes Philemon e Baucis celibatarios, que amparados um no outro íam peregrinando contentes para o sepulchro, havia um ponto negro e triste. O rendimento da parochia não consentia que o padre prior *possuisse* essa especie de ilota *in sacris*, de servo de gleba sacerdotal, chamado o padre cura. As ventanias, as chuvas, as noitadas através das serras revertiam como a congrua e os benesses em beneficio, senão do corpo, ao menos da alma do reverendo prior.

A sua congrua era maravilhosamente estitica: o grosso dos dizimos da parochia, jogava-os á risca todas as noites em tertulias um digno commendador não sei de que ordem. Ai, que a extincção dos dizimos foi a morte da religião!

Capítulo II: Noitadas Parochiaes

A vida do velho prior passava na verdade dura e trabalhosa! Como todas as cousas deste mundo, o egoismo da tia Jeronyma não era acabado e completo, ou, para falarmos em estylo de philosophia fidalga, não era absoluto. O limitado e imperfeito é o signal que o Creador estampou na fronte do homem e na face da terra para nos recordar a todo o instante a nossa origem; é a barreira que elle alevantou diante d'este grande mysterio de energia e de audacia chamado a intelligencia. Sabedoria, força, paixões, affectos, tudo tem um horisonte commensuravel; horisonte para as virtudes como para a dor. O espirito mede e abrange o que ha mais vasto e profundo, os ermos, os mares, o coração humano; porque ao cabo d'isso tudo está o finito. Immensa, eterna, absoluta só ha uma idéa, que está fora do universo. Esta é a idéa de Deus.

Por isso, grande é somente Deus!

Mas dizia eu que o egoismo da tia Jeronyma era incompleto: digo mais; era incompletissimo. Quando o sacristão vinha alta noite quebrar o dormir risonho e variamente resonado do padre prior; quando á voz roufenha do ostiario aldeião, despertando o pastor para ir levar as consolações extremas á ovelha moribunda, e tira-la lá, porventura, dos dentes e garras do cão tinhoso, se ajunctava o trovejar ao longe da tempestade, o fustigar da chuva nas vidraças progressivas das meias janellas, e o ramalhar da ventania nos dous platanos do adro, era sem duvida que o resmungar da tia Jeronyma, apparecendo da banda da sua pocilga com a candeia mortiça na mão e as roupinhas vermelhas do envez, tinha o que quer que fosse repugnante e vil. A boa da velha pensava, acaso, que a morte não seria tão descortez que negasse ao espirito do pobre moribundo o tempo necessario para poder, ao abandonar o corpo, subir como chammasinha tenue, e galgar para o céu sobre um raio do sol nascente? Póde ser que sim. Não seria, porém, antes, que ella preferisse o deixar frigir por alguns seculos nas caldeiras do purgatorio aquella pobre alma christan, largando a sua veste mortal sem os ultimos sacramentos, á necessidade de erguer-se por noite fria e tempestuosa para tomar nos hombros uma parte da cruz do ministerio parochial? Tambem isto póde ser. O que se passava no abysmo da sua consciencia cousa era que ella não revelava a ninguem; mas em todo o caso era um pensamento egoista.

Todavia é preciso confessar que com elle se misturava um sentimento puro e nobre: dizia-o esse cuidado pressuroso com que a tia Jeronyma trazia as botas de côr terrea, o berneo de saragoça, o capote de barregana, o chapeirão oleado, e a aguardente de ginjas, sem um copo da qual o prior não ousaria transpôr o limiar da porta, e investir com as furias da noite procellosa: diziam-n'o a attenção com que mirava se elle ía agasalhado, e as mil vezes repetidas ponderações hygienicas, que lhe fazia com admiravel volubilidade de lingua. A affeição da sancta velha mostrava-se em tudo isso viva e sincera; e o seu resmonear, que no meio das idas e das voltas, e do perguntar e do responder, ía rareando e abatendo como o assobio do furacão pelo valle, perdia gradualmente a expressão de egoismo, e convertia-se pouco a pouco na de um pensamento moral.

E o padre prior calado!—Calado enfiava as botas; envergava o gabinardo; cobria-se com o capote; punha o amplo sombreiro; enchia um copinho do excellente cordial que a boa da ama lhe havia posto diante; virava-o d'um golpe; fazia uma visagem fechando os olhos com força e estendendo os beiços; dava um estalído com a lingua no céu da bôca; exprimia o intimo conforto que n'elle gerára o ethereo licor com um brrahhh prolongado; estendia a pequena taça, cheia de novo, ao sacristão, que, mestre nos estylos de cortezia, se curvava formando com o corpo um angulo obtuso de noventa e cinco graus, despresadas as fracções, e arqueando o braço para levar o copo á bôca sequiosa, como se curva e arqueia um peralvilho de guedelhas sansimonianas e miolos de agua chilra, ao conduzir em sala de baile a deusa dos seus affectos de vinte e quatro horas ao meio do turbilhão doudo e (perdoe-se-nos a blasphemia) um tanto parvo das valsas e contradanças.

Depois duas palavras magicas saíam da bôca do reverendo pastor: —"Até logo!"—O seu effeito era instantaneo: o sacristão, pegando n'uma lanterna, com as chaves da igreja na mão encaminhava-se para o adro seguido do padre prior: a tia Jeronyma fechava a porta após elles; e o tentador, como se estivesse esperando por esse momento, travava-lhe novamente do espirito, e o resmoninhar da impaciencia recomeçava em breve, acompanhado do ranger do linho na roca, e do espirrar da candeia a espaços, e do respiro asthmatico do nedio gato do presbyterio, que, enroscado na lareira, abria de quando em quando os olhos amortecidos, e cerrava-os logo com philosophica indifferença, emquanto a tia Jeronyma esperava por seu velho amo, e se lhe apertava o coração sentindo o temporal que passava lá fóra, e lembrando-se de que o enfermo poderia ter guardado para hora mais decente e commoda a agonia do passamento.

E pela serra fóra, caminho de casal remoto, vae o velho prior: adiante o sacristão com a lanterna e a ambula da extrema-unção, e elle atrás com o ciborio. As poças de agua reflectem essa debil claridade que as alumia, e fazem um continuo plach, plach, debaixo dos pés dos dous caminhantes, cujo passo apressam as cordas de chuva batida pelos furacões do sudoeste. Os pinheiros balouçando-se gemem tristemente, e os enxurros, estrepitando pelos corregos, tiram com o pinhal uma toada soturna.

No céu profundamente negro não apparece uma estrella: na terra ao longe, bem ao longe, não se descortina uma luz. A natureza debate-se comsigo mesma: tudo dorme, entretanto, nos casaes e na aldeia, salvo o velho parocho e a familia daquelle que em trances mortaes espera o representante do Christo, que lhe traz as derradeiras consolações e esperanças. Entre a philantropia humana e as agonias extremas dos pequenos e humildes a noite e a tempestade ergueram uma barreira quasi insuperavel: esta barreira desapparece, porém, diante da caridade que a todos nos ensina o Evangelho, e que ao parocho impõem como dever imprescriptivel a sua missão sacerdotal e o seu caracter de pae dos pobres e affligidos.

A esta mesma hora, em que o velho prior assim vagueava por sendas alpestres exposto ás inclemencias de noite invernosa, talvez em aposento bem resguardado, no fim de ceia brilhante, entre as taças cheias de vinhos generosos, no meio de mulheres formosas e voluptuarias, embriagado em todos os deleites dos sentidos, algum famoso espirito forte cirzia remendos das paginas soporiferas d'Holbach ou de Diderot, e dissertava profundamente sobre a mandriice, egoismo e cubiça do clero, ou carpia a superstição do povo, que, para ser completamente feliz de nada mais precisa do que de abandonar as crenças do christianismo e de amaldiçoar as esperanças de Deus, o conforto unico da sua vida de miseria, de trabalho e de amargura. E naturalmente os neophitos daquella triste philosophia extasiavam-se em redor do sabio philantropo, que, impando de iguarias delicadas, de vinhos custosos, e de grossa sciencia, só lamentava a ignorancia daquelles a quem muitas vezes faltava então, falta hoje, e faltará de futuro um bocado de pão negro para matar a fome; extasiavam-se alli diante da sensualidade e bruteza de um insensato vanglorioso, emquanto a virtude do velho clerigo, exercitada nos desvios dos montes e no silencio da noite, não tinha por testemunhas senão um céu humido e cerrado, e o vulto impetuoso e bramidor da ventania; mas que, em vez das lisonjarias de parvos, tinha para o applaudir a voz sincera, consoladora e sancta da propria consciencia.

Havia, porém, no fim de tudo, uma differença entre o homem do evangelho e o da falsa sciencia. Era o systema das compensações. O padre prior, depois de cumprir com o seu dever, voltava ao presbyterio tranquillamente: tirava o capote alagado, despia o gabinardo felpudo, sacudia a uma distancia razoavel as ponderosas botas, e enfiando-se entre os grosseiros lençoes, atava o fio do somno no ponto em que o deixára; e emballado brandamente por sonhos apraziveis, só acordava sol nado e alto, ao bradar da tia Jeronyma, e ao cheiro da açorda fumegante; almoço que, como tudo o que era consagrado pelos seculos e pela tradição, elle profundamente respeitava.

E o nosso philosopho? O nosso philosopho, recolhendo-se alta noite, ía todo o caminho provando a si mesmo que não ha diabos no mundo, nem almas, nem talvez Deus; mas sentindo arripiarem-se-lhe os cabellos ao vêr dançar a phosphorescencia d'algum marnel, rezando o credo em cruz ao passar por algum cemiterio, benzendo-se ao ouvir piar algum mocho. E depois de se deitar e adormecer sonhava.... Em quê? Nas combinações infinitas da materia eterna de que deve, *segundo as boas doutrinas*, ter rebentado o universo? Não! Sonhava com as penas do inferno; e ao acordar pela manhan com defluxo, pedia confissão e sacramentos.

Já lá vão vinte annos! Bom tempo era esse, ao menos para mim, que ainda nem sabia da existencia do animal chamado philosopho, classificavel entre os *rodentia*, pelo medroso e damninho. Em vinte annos que voltas tem dado o mundo! Aquella especie vae-se acabando de todo. Auctores de comedias apressae-vos! Antes que se perca o typo, levae o incredulo ostentoso á scena. Dae-nos algumas noites de rir doudo e inextinguivel.

Os dias do padre prior corriam assim placidamente para o seu viver intimo, posto que o duro mister de parocho lhe entenebrecesse muitas vezes os horisontes da vida material. E que importava, se todos na aldeia lhe queriam bem; se todos o acatavam como a summa bondade, e o que não era menos, como a summa intelligencia da parochia? Até o barbeiro, o proprio barbeiro, homem entendido e grave em materias de eloquencia sagrada, não constava houvesse jámais torcido o nariz ás praticas e sermões do padre prior, que elle, com a mão sobre a consciencia, punha acima dos melhores de frei Timotheo, um fradalhão arrabido, cousa brava em gritarias ao divino, que por via de regra se incumbia das domingas de quaresma naquella freguezia e nas circumvizinhas com acceitação e applauso universal do auditorio, mas cuja fama era offuscada pelos periodos singelos do velho sacerdote, repassados de uncção, e daquella eloquencia de missionario, que, apesar de rude, lá vae fazer vibrar o coração do povo, afinado pela crença viva, como a harmonia que se tira das cordas de dous instrumentos accordes.

Agora por isso, o que será feito de frei Timotheo?! Era naquelle tempo um frade guapo e alentado! O que será feito delle? Se ainda vive, tiraram-lhe o burel e a corda de esparto, o seu capital; venderam-lhe o convento, o seu tonel de Diogenes; prohibiram-lhe o capuz e as sandalias, o seu direito inauferivel de andar trajado como lhe aprouvesse; e mandaram-no, desarmado de tudo isso, pedir para o mendigo a esmola que se dava ao burel, ao esparto, ao convento, ao capuz e ás sandalias. Bom passaporte para frei Timotheo transitar pela valla plebea do cemiterio nos braços morbidos e suavissimos da fome! Foi um progresso de civilisação, que se completou pelo lado moral com o augmento das loterias, das casas de cambio, e das traducções de novellas e dramas francezes. Bemaventurada a tão esperta nação que assim comprehende o progresso!

Duas cousas, porém, mais que as práticas e sermões, serviam para engrandecer e glorificar o padre prior, não só diante dos homens, mas tambem diante de Deus. Era a primeira o incansavel zêlo com que se applicava a apaziguar as rixas, a estabelecer a concordia domestica, a prégar o trabalho, a guerrear a embriaguez, e sobretudo a sanctificar pelo casamento as affeições illicitas: era a segunda o fervor modesto e o innocente luxo com que procurava celebrar as festas religiosas, principalmente a de S. Pantaleão, orago da freguezia, e de quem tanto os aldeiões como o velho presbytero criam affincadamente possuir o metacarpo da mão direita, o qual devia ser de outro sancto, ou não-sancto, se acreditarmos (eu cá pela minha parte acredito) os parochianos da sé do Porto, que se gabam de ter debaixo de chave S. Pantaleão *in totum*, sem lhe faltar dedo de pé nem de mão, quanto mais um metacarpo inteiro.

Capítulo III: Uma Escorregadela

A proposito do que o padre prior era de casamenteiro ainda me lembra uma velha viuva, a senhora Perpetua Rosa (Deus lhe fale na alma!) que morava ao cabo do logar n'uma barraquinha á beira do rio muito caiada, com seu rodapé de vermelhão, e sombreada por cinco ou seis choupos que nasciam da agua. Tinha ella (a velha, não a barraquinha) uma filha, formosa rapariga, chamada Bernardina. Era uma das leiteiras mais desenxovalhadas de que se gabavam os arredores de Lisboa: bonita, que não havia mais dizer: alva como toalha de freira, airosa como pinheirinho de quatro annos. Uns poucos de rapazes da aldeia andavam doudos por ella. Nas noites dos domingos, em que havia dança e viola na casa da brincadeira,[1] a tia Jeronyma, que era capaz de espreitar este mundo e o outro, mirando da sua rotula o que se passava á entrada da rustica sala do baile, pouco distante do presbyterio, notava que, apenas a

---

1 Assim se denominava ainda ha poucos annos uma casa, na proximidade da cada uma das aldeias vizinhas de Lisboa, emprestada por algum ricaço ou alugada, em que se ajunctava nas noites dos domingos para *brincar* (dançar) a mocidade aldeian.

Bernardina apparecia, os rapazes entravam após ella com muita mais furia e pressa do que pela manhan haviam corrido para a igreja ao ultimo toque da missa do dia. Antes d'isso já a boa da velha tinha reparado no modo por que elles se encostavam aos cajados para lados oppostos, em frente uns dos outros, nos motejos do cantar ao desafio, no pôr dos barretes á banda, nos olhares que mutuamente se lançavam, no pegarem em seixos e atirarem-nos a grande distancia a modo de competencia, sem dizerem palavra, como se cada um quizesse mostrar aos seus rivaes a robustez do proprio braço. D'isto tudo tirava a tia Jeronyma agouro de muita pancadaria,—"por amor daquella delambida—dizia a ama do prior em suas caridosas murmurações —que anda toda arrebicada por baralhotas, em quanto a pobre da mãe moureja todo o sancto dia ao sol e á neve naquelle rio, para ganhar um bocado de pão sem vergonha da cara. Havia de ser comigo!"

E o mais é que a tia Jeronyma não se enganava nas suas previsões. Chegou vespera de Reis: houve á noite brincadeira ou baile extraordinario: passou-se ahi tudo na melhor ordem: riu-se, tocou-se viola, dançou-se, cantou-se ao desafio, e cada qual se recolheu a esperar entre os lençoes os sanctos *Reis magnos*, designação popular dos magos do Oriente, cuja vinda a Bethlem se memora na Epiphania.

Houve, porém, nessa noite um saloio mais cortez, que esperou vestido e ao relento, no caminho da serra, a vinda dos tres sanctos personagens. Foi o Manuel da Ventosa, estendido com uma tremebunda e magnifica massada, de que esteve ido, a ponto de dar ao padre prior uma daquellas noitadas que suscitavam a colera da tia Jeronyma, e de que já acima fiz honrosa e especifica menção.

O Manuel da Ventosa era filho unico d'um moleiro ricaço, chamado Bartholomeu, velho honrado, mas avarento como seiscentos Satanáses. Teve a ventura (o rapaz, entende-se) de caír em graça á Bernardina. Amoricos d'aqui, amoricos d'acolá, janella na cara a um, respostas tortas a outro, segredar e rir de vizinhas, raivas de desprezados: somma total—zás, uma sova mestra no Manuel da Ventosa, por ter tido a negregada dita de merecer a preferencia daquella que era o enlevo de todos os corações.

Mas enganaram-se. O amor redobrou com o sacrificio; os desprezos cresceram com a vingança. O que começára por passatempo converteu-se em paixão violenta: um fogo íntimo devorava a alma de Bernardina, e desbotava-lhe as faces, d'antes tão frescas e rosadas como as de um seraphim da peanha da Senhora da Conceição, obra de esculptor insigne. No Manuel da Ventosa, isso não falemos: quando melhorou da *doença* andava entre parvo e abstracto: attribuia-o o licenciado dos sitios a depressão cerebral produzida por alguma ripada nas vertebras; mas, se existia depressão de cerebro, outra era a sua origem. Certa mulher de virtude que havia na aldeia jurava e tresjurava que o moço moleiro tinha a espinhela caída. Historias. Eu, apesar de ser então uma creança, sabia bem onde batia o ponto; por isso nunca fui para ahi.

Por encurtar razões: os dous amavam-se como loucos. As pessoas desinteressadas achavam- nos um par completo; e com bom fundamento: o Manuel da Ventosa era um galhardo mancebo, unico herdeiro de ginja abastado, e Bernardina uma rapariga honesta. As beatas da aldeia, ás quaes, conforme a direito, incumbia pôr ao soalheiro a vida privada de cada uma, no capitulo da honra nunca se tinham atrevido a ir devassar a barraquinha de Perpetua Rosa. Podia a senhora Perpetua Rosa gabar-se dessa! E de feito, muitas vezes, mettida no rio até os joelhos, em discussões acaloradas com as suas illustres amigas, as outras lavadeiras pelo circulo de Lisboa, a ouvi empraza-las para que formulassem precisamente certas interpellações infundadas, rejeitando com desprezo alguns remoques bernardos relativos a Bernardina, e appellando para a opinião do paiz representada pelos seus orgãos, as beatas do soalheiro.

Mas se os dous se amavam com tanto extremo, e eram feitos e talhados para puxarem o mesmo carro matrimonial, porque não íam pedir ao padre prior o *conjungo vos*? Ahi é que certo animal torcia certa parte do corpo, que eu e o leitor sabemos. Por não terem pedido esclarecimentos sobre o facto é que as lavadeiras faziam declamações vagas.

Eis o caso: o Bartholomeu da Ventosa era rico e avaro; mas bestialmente avaro: Perpetua Rosa pobre, pobrissima. Por mal de peccados fôra ella antigamente lavadeira do casal do moinho, ou antes dos moinhos, porque para a exacção historica deve-se advertir que o moleiro possuia dous. Uma vez, que levára grande porção de roupa, tinha perdido tres saccas velhas e rotas. Bartholomeu quando tal soube quiz morrer.—"Juro por esta—-dizia elle esbravejando e beijando os dous dedos indices cruzados sobre a bôca:—juro que Perpetua Rosa me ha-de pagar as minhas tres saccas novas em folha, que me perdeu, a desalmada!"—Mas nem novas nem velhas; porque a verdade era que ella não tinha com que as pagasse. Forçado foi, portanto, ao moleiro fartar a vingança com ordenar-lhe que não lhe tornasse a rapar os pés á porta. Desde este fatal dia nunca mais Bartholomeu da Ventosa pôde encarar com a lavadeira: o seu odio vivia involto e aquecido na imagem das tres saccas gravada naquelle coração de avarento. Assim para elle seria cousa monstruosa e abominavel só o imaginar a possibilidade de seu filho Manuel casar com Bernardina, a quem a pobreza fôra de sobra para impedimento dirimente, quanto mais o ser filha de semelhante mãe. Tal era a difficuldade insuperavel que se oppunha á união dos dous amantes.

E os mezes íam passando, e as murmurações crescendo, e saltando já das lavadeiras para as beatas. Tinham visto mais de uma vez (dlzia-se: valha a verdade) o moço moleiro rondando a deshoras a barraquinha da beira do rio. Havia tambem quem dissesse que nas madrugadas de alguns domingos, quando a senhora Perpetua Rosa saía para a missa das almas, se enxergava ao lusco fusco um vulto, que, cosendo-se com os choupos, se aproximava da porta da Bernardina, e... e etcaetera. Era muito vêr! Mas a cousa ía correndo, e no fim de contas quem ganhava com essas historias eram as linguas dos maldizentes, que se refocillavam na palangana da murmuração, e o diabo que se lambia para, por estas e por outras, os catrafilar a seu tempo.

Veio a quaresma: sancta quadra; mas que por isso mesmo é ás vezes boa de mais. Desobriga vae, desobriga vem, sabe-se muita cousa. O padre prior andava já com a pedra no sapato; porque elle não era cégo nem mouco. Meu dicto, meu feito. Certo dia (por signal que era uma sexta-feira), quando o sacristão veio abrir a porta da igreja, estavam já no adro á espera Perpetua Rosa e Bernardina para se confessarem. Não tardou o prior. Aviou-se a mãe: ajoelhou a filha: persignou-se, benzeu- se, disse *mea culpa*, e começou sua confissão.

Se isto fosse uma historia de polpa, cortesan e culta, viria neste ponto o *casus foederis* de eu tomar a postura tragica a la moda, carregando as sobrancelhas, e dizendo em tom soturno e lento:—- "O que ahi se passou entre o veneravel ancião e a donzella ninguem o soube!—!—!—!—Mysterio!—!—!—! Acontecimento horrivel e fatal!—!—!—! As lagrymas ardentes do velho caíram sobre a cabeça da infeliz ajoelhada a seus pés, cujo futuro (não o dos pés, mas o da infeliz) era de maldicção!—!—!—!" Limitada, porém, a minha narrativa a chan e plebéa recordação de um pobre parocho d'aldeia, reflectirei em summa, que me não é licito revelar o segredo do confessionario. Os sigillistas já deram que fazer ao marquez de Pombal, cuja consciencia, como todos sabem, era delicadissima em materias de orthodoxia catholica, e em tudo. Calo-me, porque não quero caír no erro que elle condemnou. Direi só que foi mui demorada a confissão de Bernardina, e que, ao alevantar-se d'ante os pés do prior, ella trazia os olhos como punhos: e digo-o, porque o viram os circumstantes, a saber, o sacristão e a senhora Perpetua Rosa, que devotamente ía descabeçando a penitencia em quanto a filha se desobrigava.

Ao sol posto desse mesmo dia o prior espairecia a vista pela veiga coberta de verdura, assentado no cruzeiro, segundo o seu costume. A brisa da tarde era fria e aguda, porque a primavera começava apenas; mas o velho parocho parecia não a sentir, embebido em cogitações; e tão fundas íam estas, que, em vez de traçar na terra com a bengala as usuaes figuras geometricas, ou anti-geometricas, conservava-a immovel e perpendicular, com as mãos cruzadas sobre o castão, firmando a barba em cima. Conhecia-se-lhe no olhar e no mecher tremulo dos beiços, que algum grande cuidado o inquietava. E tanto assim, que nem reparou nos tres signaes das ave-marias, deixando-se ficar sentado, e até, oh profanação! com o chapeu na cabeça. Felizmente não passava ninguem naquelle momento, que podesse notar a involuntaria irreverencia do distrahido pastor.

Mas um vulto assomou lá ao longe, e os olhos do velho brilharam como animados por vida nova. Quem quer que era descia do monte, e vinha para a banda do rio. O caminho passava perto do adro: o prior ergueu-se, estendendo a mão, e brandindo a bengala na direcção do vulto.

"Oh Manuel! psio, Manuel! chega á fala! Oh rapaz!"

O filho do moleiro (porque era elle) hesitou um pouco. Alguma cousa lhe roía na consciencia. Mas vendo o prior em pé com ar de quem estava resolvido a ir atravessar-se-lhe diante, cortou para elle com o barrete azul e vermelho na mão.

"Boas tardes, padre prior: quer alguma cousa?"

"Quero que você chegue aqui, porque temos que falar."

O tom com que estas palavras foram proferidas, e mais que tudo aquelle *você*, fizeram estremecer o Manuel da Ventosa. O prior tractava todos por tu, e o você na bôca delle era presagio infallivel de temporal.

O rapaz parou diante do velho com os olhos cravados no chão, torcendo e destorcendo a orla do barrete que tinha entre as mãos. O padre prior mediu-o de alto a baixo, e começou *ex abrupto*: "Então que historias são estas da Bernardina, sô velhaco da conta benta? Sabe o que fez, grandessissimo tractante? Aonde foi você aprender isso? (Esta pergunta era asnatica). É a doutrina que eu lhe ensinei em pequeno? De que tem servido os exemplos de modestia e honra que lhe dá seu pae? De ser um vadío, um seductor, um... Deixe estar: a cadeia não se fez para as aranhas, e elrei nosso senhor (o bom do parocho puxava em politica para a eschola historica) ainda não mandou queimar a náu de viagem..."

"Eu, padre prior... como lhe ía dizendo—interrompeu atarantado o saloio, coçando na cabeça, e procurando atar o fio das suas idéas inteiramente confundidas.

"Cale-se; não me responda:—proseguiu o velho parocho, achando talvez pouco cinco perguntas para ouvir uma resposta.—Diga-me: que tenções eram as suas enganando uma rapariga honesta?"

"Eu..."

"Não me replique; já lh'o disse. Lembre-se de que é o seu pastor que lhe fala. Ahi está porque você ainda não veio desobrigar-se. Pensava que, por ella ser miseravel e sua mãe uma triste viuva, não tinham ninguem neste mundo? Enganou-se. Tem-me a mim. Saiba que a poder que eu possa ha-de ír bater com o costado na India, ou casar com a Bernardina."

Aqui o pobre rapaz atirou-se de joelhos a chorar aos pés do velho, e exclamou soluçando:

"E é isso o que eu quero!... Juro-o por aquella arvore da bella cruz que alli está..."

"Vera cruz, salvage! vera cruz!—interrompeu o prior, visivelmente abrandado com o pranto, humildade, e declaração categorica do moço moleiro.

"Mas, como eu ía dizendo—proseguiu este—por'mor daquella diabrura das saccas meu pae não póde tragar a senhora Perpetua Rosa. Se lhe falasse em tal, fazia-me os ossos tão miudos como a picadura da mó. Se a Bernardina tivesse dote, ainda talvez elle consentisse... Mas sem isto; bem lhe sabe do genio. Se o padre prior podesse adivinhar o que me tenho ralado, havia de ter dó de mim. Não como, não durmo, ando doudo. Não basta a massada que gramei... Ahn! ahn! ahn!"

Chorava em berreiro, e o chôro não o deixava continuar. As lagrymas começaram tambem a bailar nos olhos do prior, que ficou por alguns momentos pensativo.

"Levanta-te, rapaz dos meus peccados:—disse elle por fim, puxando pelo braço do moleiro.—Vamos; confessa a verdade: estás arrependido do que fizeste?"

"Estou, sim senhor! Ahn! ahn!"

Nesta parte, apesar do chôro e soluços, parece-me que o saloio mentia.

"Promettes casar com Bernardina, se teu pae consentir?"

"Prometto, sim senhor! Ahn!"

"Ora, pois, socega, e não chores. Deixa o caso por minha conta. Volte para casa, e não me torne a rondar pela beira do rio. Entende? Olhe que!..."

O prior estendeu a bengala para o lado dos moinhos, que assobiavam lá no alto, e Manuel da Ventosa voltou cabisbaixo e a passos lentos pelo caminho por onde viera. Sentia confusamente que se aproximava a crise mais temerosa da sua vida.

Então o padre prior assentou-se outra vez no poial do cruzeiro, e recaíu em profunda meditação. Depois de um bom quarto de hora, poz-se em pé e encaminhou-se para o presbyterio. Tinha anoitecido. De memoria de homens nunca ceiára tão tarde!

E andando, o velho sacerdote repetia aquellas palavras do livro de Job, onde, entre parenthesis, ha mais philosophia que n'um aduar inteiro de philosophos:

Nudus egressus sum de utero matris meoe, et nudus revertar illuc.[1]

O porque o dizia, bem o sabia elle! Ceiou sem dar palavra: resou o breviario: deitou-se, e apagou o candieiro. Contra o costume, Fr. Bernardo de Brito e Fr. Diogo do Rosario ficaram aquelle serão na estante. A ama sentiu-o assoar-se, tomar tabaco, e escarrar até muito tarde. Cousa rara! signal evidente de que tinha negocio de vulto, que lhe embargava o dormir!

Peior foi pela manhan. Apenas luziu o buraco, o padre prior saltou da cama; calçou os sapatos engraixados; vestiu a loba nova; pediu o chapeu de tres ventos, a bengala de castão de prata, e os oculos fixos, que só punha em dias de missa cantada, e disse á ama que se aviasse com o almoço, porque tinha de saír cedo.

Emquanto a tia Jeronyma, para maior brevidade, fazia umas papas de milho, o prior abriu um contador enorme, destes que os nossos grandes amigos inglezes nos vão agora levando em logar de vinho do Porto, tirou para fóra uma folha de papel almasso, e bradou:

"Jeronyma! oh Jeronyma!"

---

1 Nu saí do ventre de minha mãe, e nu voltarei para alli. Job: cap. 1, v. 21.

A velha chegou ao corredor da cozinha com o abano na mão.

"Estão quasi feitas:—disse ella.—Tenha paciencia um instantinho."

"Não é isso, mulher:—replicou o prior.—Ouve cá: vae ao forro da escada e traze-me aquillo."

"Isso, eu lá ponho. Mas, com sua licença, d'onde veio maquia grossa? Hontem não houve baptisado nem enterro..."

E a tia Jeronyma estendia a mão esquerda coberta com a ponta do avental, para não sujar a maquia de que falava, e ao mesmo tempo volvia olhos ávidos, ora para o bofete, ora para o prior.

"Qual carapuça!—replicou elle fazendo-se vermelho.—Tira-se; não se põe. Faça o que lhe digo, e dê ao démo o que sabe."

A ama empallideceu. As palavras *tira-se; não se põe* eram de ruim agouro; mas vendo já o padre prior azedo, calou-se e obedeceu.

D'alli a pouco o velho parocho começava a tirar de um pé de meia uma, duas, tres peças de ouro; foi tirando até setenta: restavam apenas obra de uma duzia dellas.

"Basta:—rosnou o prior.—Póde occorrer uma doença. Então, Jeronyma, vem essas papas?!"

E dizendo isto embrulhava muito bem as setenta peças na folha de papel que tinha sobre o bofete, e mettia-as na algibeira da loba.

"Guarde isso, Jeronyma:"—disse elle á ama, que entrava com as papas. E empurrou pela mesa fóra o exangue pé de meia. A ama, ao vêr aquella horrorosa sangria, esteve a ponto de largar a frigideira no chão, e de deixar o bom do padre sem almoço.

Quando voltou para a cosinha, ouviu-a o prior soluçar.

"*Nudus egressus sum de utero matris meoe, et nudus revertar illuc.*"

Murmurando esta profunda sentença da Biblia, o reverendo parocho saiu pela porta fóra. A ama, vendo-o saír, andava como pasmada.

Nestas idas e voltas havia nascido o sol. O Bartholomeu da Ventosa, afanado com a sua lida, em pé á porta de um dos moinhos, bracejava, ralhava, praguejava como um possesso. Os brutos dos moços tinham-lhe quebrado já duas cordas ao *enquerir* as cargas de uma récua de machos pimpões presa á argola do moinho.

De repente viu um castão de bengala saír-lhe por cima do hombro. Voltou-se: era o prior.

"Olé, vossenhoria por aqui a estas horas?!... Psio, oh Zé Dorna, olha o rabicho daquelle macho!... Grande novidade, padre prior! grande novidade!... Raios te partam! Que tal'stá o filho do diabo?!"

Estas duas ultimas jaculatorias eram acompanhadas de dois

reverendissimos pontapés na barriga de uma das cavalgaduras, que já estava carregada, e que parecia achar mais prudente deitar-se em quanto as outras se aviavam.

O moleiro dava assim a modo d'umas lembranças de Napoleão dictando ao mesmo tempo a dous secretarios.

"Falaste, Bartholomeu!—replicou o prior.—Novidade, e grande! Ha quarenta annos que sou parocho desta freguezia, e é a primeira vez que tal me succede. É negocio intrincado, e quero ouvir o teu conselho, porque tens caixa para as cousas. Rapazes—accrescentou dirigindo-se aos moços do moinho—safa d'aqui, que tenho que dizer ao patrão em particular."

"Rua!—gritou o moleiro correndo com força ambas as mãos pelo colete e pelos calções, donde saíu um nevoeiro de farinha.—Entre vossenhoria."

O prior entrou, e foi assentar-se n'uma tripeça que estava a um canto: Bartholomeu assentou-se sobre um sacco de trigo defronte delle. Os dous velhos mediram-se com os olhos por momentos, como se cada um delles tentasse ler no rosto do outro os pensamentos que lhes vagavam na alma. A primeira idéa que occorreu ao moleiro foi a de alguma festa que o parocho pretendia fazer, e para que lhe vinha pedir dinheiro. Batia-lhe o coração com violencia, e já imaginava trinta mentiras para evitar essa calamidade.

"Homem—disse por fim o prior—tenho em minha mão uma somma avultada; mais de quinhentos mil réis (o moleiro estendeu o pescoço); pertencem a um devoto, que os quer dar em dote a uma rapariga pobre desta freguezia. Encarreguei-me do negocio, e deitei as minhas linhas para dar no vinte. Mas temo não acertar, e venho bater comtigo. És honrado, meu Bartholomeu, posto que um tanto sovina: falo-te com o coração nas mãos, e..."

"Isso é o que dizem por ahi essas linguas perversas—interrompeu o moleiro, fazendo-se vermelho de colera;—essas mandrionas do soalheiro, porque lhes não metto no bandulho o meu remedio. Os diabos me levem..."

"Tá, ta!—acudiu o prior.—Ajustaremos contas na desobriga. Vamos agora ao que serve. Sem refolhos: a quem te parece que dêmos este dote? Parafusa lá."

O moleiro poz-se a scismar, alevantando os olhos para o tecto, estendendo e revirando a mandibula inferior, e batendo de quando em quando na testa.

"Nada ... a Genoveva da Theresa não:— disse por fim.—Tal mãe, tal filha. Aquella está arrumada."

"Nem pensar n'isso é bom:—retrucou o prior.—*Libera nos Domine.* Anda, vê se atinas."

"A Clara da Fonte tambem não..."

"Uhm!—rosnou o clerigo, abanando a cabeça.

"A Catharina Carriça menos. Heim?"

"Tó carapuça! Ahi vae já! Fundia-me o dote em menos de um anno com tafularias tolas. Adiante."

O leitor póde prever que o Bartholomeu da Ventosa e o seu parocho estavam no caso de duas linhas parallelas, que, prolongando-se indefinidamente, nunca podem encontrar-se: o pensamento do prior dirigia-se a Bernardina, e o moleiro já tinha affastado por tres vezes do espirito essa lembrança como uma idéa importuna.

"Eu—disse elle finalmente, coçando na cabeça—tinha cá uma idéa... mas não sei... Não digo nada... Acabou-se."

"Desembuxa lá, homem! Foi para te ouvir que vim aqui."

"Então sempre lh'o direi. Minha sobrinha Joanna é um anjo. Boa rapariga! famosa rapariga! Meu irmão Barnabé não pede esmola, é verdade; mas anda atrapalhadote. O casal dos Caniços arrasou-o este anno: deve-me já vinte moedas, e..."

O prior cortou-lhe o enthusiasmo pelos seus parentes com uma gargalhada estrondosa. O moleiro ficou de bôca aberta no meio daquelle destampatorio.

"Oh, oh, oh! querias que o meu dote servisse para pagar as tuas vinte moedas?! Não é assim?—E, voltando immediatamente ao seu serio, proseguiu:—Bartholomeu! Bartholomeu! *Por causa da iniquidade da sua avareza me irei, e o feri*: diz o propheta. A cubiça que te cega ha-de baldear-te no inferno, como tu baldêas alli para a ribanceira as mós que já não prestam. Queres mentir á tua consciencia, enganar o teu pastor, quando elle te vem pedir que o aconselhes? Isto não é bonito, Bartholomeu! Não é bonito!"

"Mas, padre prior..."

"Qual mas, nem meio mas! Deixemo-nos de historias. Bem diz o dictado:—Fui a casa da vizinha envergonhei-me; vim á minha remediei-me.—O melhor é seguir a primeira lembrança."

"Então, se vossenhoria já tinha posto o dedo..."

"Tinha, tinha!—retrucou o prior:—Queria só ver se tu concordavas comigo: mas sacas-te com uma exquisitice de fazer arripiar. Não temos feito nada, meu Bartholomeu: não temos feito nada!"

E dizendo e fazendo, o clerigo erguia-se como para saír.

"Pois diga vossenhoria—acudiu o moleiro ainda atrapalhado com o *revertere*:—e enforcado morra eu se..."

"Não praguejes, homem! Ahi vae! Quem ha-de apanhar o dote é a Bernardina d'ao pé do rio..."

A historia das saccas era espinha que ainda lhe estava atravessada na garganta: ouvindo tal nome, o velho não pôde conter-se:

"Quem? A cara de fuinha da filha de Perpetua Rosa? O padre prior está brincando. Olha as lesmas! Umas desmaseladas, e caloteiras! Isso, nas unhas da mãe, era fogo viste, linguiça. Terçans me matem..."

"Espera, homem, espera! Não é isso o que se diz na aldeia. Tu tens osga ás pobres mulheres, e cega-te a paixão. Desmaseladas?! Basta olhar para ellas; como andam limpas na sua miseria. Caloteiras? coitadínhas! É porque não têm com que pagar ao Agostinho da tenda? Pagar-lhe-hão agora. Quinhentos mil réis ainda ficam livres, e Bernardina ha-de com elles achar um bom casamento."

Emquanto o prior falava, uma idéa bem-aventurada illuminára subitamente a alma do moleiro. As suas tres saccas podiam não estar perdidas de todo; podiam voltar melhoradas ao moinho. Sentiu a colera desvanecer-se-lhe, como a nuvem negra que varre a brisa do norte.

"É verdade que a gente ás vezes tem cá as suas birras:—disse elle com certo ar que queria ser fino e saía parvo.—Cega-se com as pessoas! Vossenhoria bem sabe o que faz: dê o dote a quem quizer, que diante de mim ninguem ha-de tugir nem mugir contra vossenhoria."

"Pois bem!—proseguiu o prior.—Esta lebre está corrida. Resta achar um noivo para Bernardina. Isso é bico d'obra que requer escolha e siso. Pensa no caso, Bartholomeu! Vamos a vêr se acertas melhor desta vez. Agora outra cousa. Tu és capaz: tens sabido guardar o teu dinheiro; saberás guardar o alheio. Eu para isso não presto: sou um mãos-rotas. Aqui te deixo setenta louras, que a seu tempo se hão-de entregar a quem tocarem. Incumbes-te d'isto?"

"Vossenhoria manda:"—respondeu o moleiro, cujos olhos brilharam com o fulgor devorante da avareza ao vêr rolar as peças, que o prior tivera a cautela de desembrulhar sobre a grande arca das maquias. O velho parocho usava de uma esperteza de Satanás para fazer uma obra de Deus.

E, despedindo-se de Bartholomeu, saíu. O moleiro ficou em pé e immovel. Estava, mal comparado, como o asno de Buridan entre as duas medidas iguaes de cevada: nem se podia affastar do ouro, nem ousava faltar á cortezia devida ao padre prior. A final, por um movimento sublime de energia moral, correu pela porta fóra atrás delle, que já ía a certa distancia. Neste correr parecia-lhe sentir estalar o que quer que era dentro do coração.

"Se vossenhoria é servido do nosso almoço"—bradava o moleiro"—não tarda ahi um credo. Pobre, mas de boamente."

"Obrigado! obrigado!"—respondeu o prior sem se voltar, brandindo para trás a bengala, como quem dizia adeus. E pensava lá comsigo:—"Fóra, miseravel sovina!"

Apenas o bom do clerigo dobrára a quina, do muro de uma quinta, que se dilatava desde a encosta até a baixa do rio, truz!... Com quem havia d'elle dar de rosto? Com o Manuel da Ventosa, de espingarda ao hombro, rede ás costas, chumbeira e polvorinho a tiracolo. O saloio ficou embaçado.

"Com que, sim, senhor! Já você por aqui me apparece a estas horas,"—disse o prior com um gesto folgado, que forcejava por ser colerico.—"Heim?"

"É verdade, padre prior!... Entreter um bocado... A manhan estava boa."

"Pois não! Aos pardaes... bem sei! Ora corte-me para casa, e vá ajudar seu pae, o pobre velho, que lá anda lidando... e você feito caçador das duzias... Caçador! Pensava agora o sonso que me enganava! Vamos marchando!"

Deu alguns passos para diante, emquanto o Manuel da Ventosa fazia o mesmo em sentido contrario. Depois voltou-se de repente. O saloio também parára a olhar para trás.

"Olé. Escuta cá, Manuel!"—O Manuel aproximou-se.

"Depois d'amanhan é necessario que você se bote aos pés de seu pae, que lhe conte a boa obra que fez, e que lhe peça licença para casar com Bernardina..."

"Pelo amor de Deus, padre prior!"—interrompeu o triste do rapaz cheio de susto.—"Com os figados delle, põe-me os ossos n'um feixe."

"Não se perdia nada:"—acudiu o velho.—"Mas não é anno de fortuna. Era melhor que se tivesse lembrado a horas. Faça o que lhe digo, que não lhe ha-de succeder mal nenhum! Vamos."

"Se vossenhoria entende?!..."

"Entendo, sim, senhor. A paschoa não tarda; e passada a quaresma você ha-de receber-se. Mas d'isto nem palavra! E córte!"

O tom com que o parocho proferiu estas palavras deu uma alma nova ao Manuel da Ventosa. Imaginou logo que o padre prior tinha aplanado o negocio. Não sabia se risse ou se chorasse. Instinctivamente agarrou a mão do clerigo e beijou-a. A sua gratidão era sincera. O padre prior sentia palpitar esse vivo sentimento naquellas mãos callosas, que apertavam a sua mão enrugada, naquelles labios ardentes, que pareciam devora-la. Conheceu que estava arriscado a deslizar da habitual severidade, e, affastando-se rapidamente, bradou com voz aspera, mas alguma cousa trémula:—"Deixa-me, pateta! Deixa-me! ... e Deus te alumie para que seja esta a ultima das tuas rapaziadas."

Fez bem em alongar-se: duas lagrymas lhe rolaram pelas faces abaixo.

Naquelle dia a tia Jeronyma chegou a desconfiar de que o padre prior tinha a bola desarranjada. Toda a manhan não fez senão cantarolar, ora um pedaço do *Tantum ergo*, logo um versiculo do *Te Deum Laudamus*, e assim por diante. Até andou por mais de meia hora a brincar com o gato do presbyterio. E, para resumir em poucas palavras a extravagancia de que parecia possuido, baste dizer que, ao descalçar-se, arrumou os çapatos para um canto, e depois de ter lido um capitulo da chronica de Cister, pela primeira vez da sua vida metteu na estante essa especie de Carlos-Magno monastico sem o pôr de pernas ao ar. Aquelle coração sentia dilatar-se na sancta paz do Senhor.

E porque não cabia o bom do padre na pelle? Porque tinha feito felizes duas creaturinhas, sacrificando-lhes as suas economias de quarenta annos. Elle achava isso uma cousa naturalissima; mas a providencia dava-lhe uma parte da sua recompensa nessa alegria suave e intima, que nunca pôde entrar nos palacios dos grandes e poderosos do mundo; porque é o premio, não do beneficio insolente da opulencia, mas sim da abnegação caridosa da humildade.

O padre prior tinha tido tempo de estudar individualmente o caracter dos seus freguezes, e por isso seguíra aquelle caminho para chegar ao fim moral que se proposera. De feito o velho moleiro andou abstracto todo o dia. Pois de noite? Não pregou olho! Ás escuras via diante dos olhos as setenta peças a reluzirem como uma visão ao mesmo tempo celeste e infernal. Depois, naquellas horas longas de vigilia punha-se a calcular a acção prodigiosa que ellas teriam incorporadas com mais de outras tantas que elle tinha enterradas. Era o que bastava para dar o harmonioso epitheto de *minha* á azenha do Ignacio Codeço, e pôr lá o seu Manuel a labutar, e a ganhar dinheiro, muito dinheiro: e elle a tomar-lhe contas ao sabbado: meia moeda ... uma moeda ... duas moedas; e a pilha-lo em uma gaziva de seis vintens; e despertava daquella especie de extasi ao atirar-lhe o primeiro pontapé. Era um regalo! Ria ás vezes ao lembrar-se de uma que elle havia de pregar no outro dia ao Agostinho da tenda. Essa estava segura. Ia-lhe comprar o *créto* de Perpetua Rosa por metade, por um terço, talvez.—"Oh sô Agostinho, você não vê que isso é dinheiro perdido? Cinco mil réis! seis mil réis! Vamos; é minha a divida."—E tripudiava na cama, e assentava-se, lançando mão dos calções, para ir, para correr, para voar, antes que algum diabo (pensava elle) fosse metter no bico ao usurario do tendeiro a mudança de fortuna de Bernardina. Chegava, naquelle fervor, a enfiar os calções mas recaía na cama ao vêr, ou antes ao não vêr, que era escuro como breu. Momentos havia em que as suas idéas tomavam outro curso: representava-se-lhe seu irmão Barnabé a largar-lhe o casal dos Caniços pelas vinte moedas e por mais umas trinta peças com que o engodava; e elle a fazer estercar as terras, e alqueivar, e lavrar, e semear, e mondar, e ceifar, e a ter na eira uma serra de trigo durazio, e achar uma excommungada de uma velha pedinchona a furtar-lhe á sorrelfa uma abáda daquelle grande trigo, e elle a desanca-la com uma tranca. E saía desse pesadello de homem acordado a ranger os dentes, e com a mão agarrada á maçaneta do catre. D'ahi a pouco vinha-lhe outra enfiada de imaginações, e d'ahi outra, e outra, até que por fim a idéa de que as setenta peças eram suas lhe ficava de tal modo encravada e enraizada na alma, que o arrancar-lh'a de lá seria o mesmo que metter-lhe no bucho uma apoplexia. Então punha-se a scismar no pensamento capital e gerador de todas essas imagens bemaventuradas que lhe luziam no olho, o como chamaria á muxilla as setenta do dote. Abafa-las? Nega-las ao prior? Estremeceu horrorisado; porque Bartholomeu era homem de probidade, a seu modo, que, sem malicia seja dicto, vinha a ser um modo como o de tantos homens honrados que todos nós conhecemos. Nada! Era preciso um meio natural, decente, legitimo de arranjar o negocio. Caíu então no que o prior queria que elle caísse. Casou *in mente* o seu Manuel com a Bernardina. Feito isto, as peças eram suas; suas porque o Manuel pellava-se com medo delle, e casado ou solteiro havia de ficar-lhe sempre debaixo dos cabeções. Assentado este ponto, o moleiro sentia um certo refrigerio interior que o consolava. Não tardou a adormecer no somno do justo, e em placidos sonhos balouçou-se todo o resto da noite entre a azenha do Ignacio Codeço e o casal de seu irmão Barnabé. Saía ás vezes desta hesitação beatifica sonhando no gatazio que ía pregar ao Agostinho, e ria com um rir de innocencia. Era um sancto velho aquelle Bartholomeu da Ventosa!

O leitor deve estar já sufficientemente aborrecido de tão comprida historia do moleiro, da lavadeira e do prior; por isso não o farei assistir ás explicações entre o pae e o filho. Mais repousado o sangue com o dormir, Bartholomeu reflectiu pela manhan que o propor ao parocho o seu Manuel para noivo de Bernardina tinha suas parecenças com o haver-lhe proposto para ser dotada sua sobrinha Joanna, idéa maldicta que lhe tinha custado uma risada nas suas barbas e um revértere com texto de Biblia. Por outra parte pensava que Manuel era o seu unico herdeiro, e que se Bernardina trazia para a ceia, elle levaria para o jantar, principio consagrado pela philosophia saloia, talvez desde o tempo dos mouros. Emfim o pae nestes vaivens, e o filho com os receios que o leitor póde imaginar, fizeram ao declararem-se uma verdadeira scena de comedia. Ao cabo, porém, de tudo entenderam-se. Assim o padre prior, á custa das suas economias de quarenta annos, teve a consolação de fazer tres sermões, um a Bartholomeu sobre a cubiça e avareza, outro a Manuel sobre o trabalho, sobriedade e mais virtudes annexas á condição de pae de familia, outro finalmente a Bernardina sobre a honestidade, modestia e sujeição das mulheres casadas. Depois, quando veio a paschoa, regalou-se de atar o laço matrimonial entre os dous amantes, acabando por uma vez com as interpellações das lavadeiras, com as espreitaduras dos curiosos, e com as murmurações do beaterio. Custou-lhe a brincadeira setenta peças, e o atirar á rua o sermão sobre a avareza, porque o Bartholomeu continuou a ser sovina até a hora da morte, na qual piamente se deve crer o catrafilou o diabo, não só por ser unhas de fome, mas por ter refinado a ponto, que, perdendo a vergonha, já começava a sizar nas maquias, com escandalo dos freguezes, e grande mortificação de seu filho Manuel.

Agora duas palavras sobre a festa do orago da parochia, o meu rico S. Pantaleão. O leitor vio o padre prior caminhando pela estrada dolorosa da moral evangelica: é necessario que o veja tambem radiante no meio das pompas do culto.

Capítulo IV: Alhos e Bugalhos

S. Pantaleão era, como disse, o orago da freguezia aldeian, cujos habitantes mais conspicuos o leitor já conhece, e por via dos quaes o puz em contacto com as differentes classes de que se compunha aquelle mundozinho, ou, para melhor dizer, e falar de modo que não me entendam, aquelle *microcosmo*. Esse grecismo expremeu-mo do espirito S. Pantaleão, que, conforme o que bem pondera a folhinha, foi medico, e os medicos finam-se por grego. O padre prior e o sacristão representam a igreja espiritual e materialmente, o Agostinho da tenda o commercio, o Barnabé a agricultura, a senhora Perpetua Rosa a industria, e finalmente o honrado Bartholomeu da Ventosa representa nos seus sonhos a industria-agricola, ou a agricultura-industrial, genero de existencia lembrado pelos economistas da Alemanha para salvar as classes laboriosas do horrivel futuro com que as ameaça o vapor; porque se ha-de advertir que alguns restos de prudencia e juizo que ainda havia cá por esta nossa Europa varreu-os Deus para aquelle canto do mundo, a que nós chamamos a terra das theorias e das chimeras; nós os homens do meio dia, que fazemos phalansterios e não sei quantas mais comedias politicas capazes de fazer rir... quem direi eu? O proprio mirradissimo S. Pantaleão da cidade eterna.

Eterna, entenda-se, até que o primeiro cometa venha embrulhar na cauda este nosso *microcosmo* tão caturra e parvo chamado o orbe terraqueo.

Celebra-se a festa de S. Pantaleão a vinte-sete de julho; data preciosa e averiguada por mim em largas vigilias, consumidas em revolver breviarios, antiphonarios, legendarios, missaes, sanctoraes, e livros historiaes, na phrase daquelle grande rhetorico Gomes Eannes. Está a folhinha pontualissima; podem acreditar-me! Celebrou-se, celebra-se e ha-de celebrar-se a festa de S. Pantaleão, o bemaventurado physico, todos os vinte-sete de julho, até a consummação dos seculos; salvo o caso de ninguem se lembrar d'aqui a cem ou duzentos annos de que existiu no mundo o meu rico sancto; mas espero tal não aconteça ficando lançada a sua memoria nestas paginas, ás quaes incontestavelmente pertence a immortalidade.

"Mas—acudirão os leitores—que nos importa a nós que essa commemoração seja a vinte-sete ou a vinte-oito: seja em julho ou em dezembro? Vamos á festa, e deixemo-nos de historias."—-Devagar, devagar! É justamente porque isto é uma historia grave, sisuda, erudita, que eu não me havia de metter abrutadamente na narração, sem deixar averiguada, esmiuçada e fixada a data precisa e irrecusavel do meu*recontamento*. Sabem o que é uma data? Uma data é, depois de uma questão de orthographia, do talho e feitura de uma judia, a que os nossos velhos chamavam uma aljuba, e depois de um phalansterio, a que os dictos velhos chamariam uma sandice, a cousa mais importante que conheço neste valle de lagrymas. No caso presente, supponhamos que eu fosse um cabeça de vento, que atirasse com S. Pantaleão para vinte-sete de dezembro. Ficavamos aceiados; não tem duvida! Ahi se me ía metter a segunda oitava do Natal com o meu sancto martyr; e eu a querer revestir o padre prior para a missa cantada e a vêr-me doudo na escolha da vestimenta. Vermelho? Saltava-me a canzoada dos criticos:—Fóra ignorantão! Vermelho na segunda oitava da Natividade!? Vae ler o Claudio de Vert, alarve! vae ler o Campello, o Gavanto, o Lambertini."—Atarantado com a grita, atirava-me ao gavetão da vestimenta branca. Peior! Vinha-me outra surriada de sotavento:—Olha a alimaria! Não querem ver? A um martyr vestimenta branca! Hypocrita! que nos anda aqui a prégar sermões a favor dos padres e dos frades, e ainda não sabe qual é a sua vestimenta direita. Ahi tem os taes escrevedores d'agua doce, que se riem á socapa das arcadias, e das odes pindaricas, e da sciencia em notas, e das chronologias dos academicos. A gente que fazia essas cousas trazia as vestimentas na ponta da lingua: distinguia-as como *hora horae* de *servus servi*. Vae ler, oh taboa rasa de Locke, vae ler o Prado, o Clericato, o Bauldry, o..."

E eu, que não podia ir ler tanto calhamaço em folio, em quarto, em oitavo, e em doze, estacava, punha-me a gaguejar, perdia o fio da narrativa, e não proseguia nesta notavel historia do padre prior, a qual me abriria as portas do Instituto Historico de París, se eu fosse tão creança que me resolvesse a pagar não sei quantos francos por anno para gosar dessa incomparavel honra.

Por isto façam os leitores idéa das deploraveis consequencias de um erro de data!—"Porém—replicarão elles—quem te obrigava a tractares essa questão chronologica, superior talvez ás forças do teu entendimento? Não foste andando até aqui sem te metteres nesses debuxos? Porque não descreves a festa, deixando aos entendidos em calendario o pô-la na epocha propria?"—-Bonissimos leitores, pensaes vós que eu sou o Manuel da Ventosa, que me deixe assim esmagar por uma saraivada de perguntas? Enganaes-vos! A resposta vae caír dos bicos desta penna como as frechas de Apollo *longe-asseteador* caíam no campo dos argivos, segundo resa Homero no capitulo primeiro da sua chronica das birras do Pelida e do Atrida: a minha tréplica vae tombar sobre os prelos convincente, irresistivel, irreplicavel. Ei-la. Finjamos por um momento que, em vez de consultar os respectivos auctores sobre a verdadeira casa de S. Pantaleão no taboleiro do calendario, nem sequer pensava nisso, e começava *ex abrupto* a scena da festa aldeian. Que succedia? Como estamos no inverno, e eu gósto do inverno, principalmente quando ruge uma boa nortada (são gostos), punha-me a descrever um destes formosos dias de dezembro ou de janeiro, em que o firmamento parece retincto de novo no seu tão lindo azul; em que a verdura infantil das searas á flor da terra sorri estirando-se dos topos arredondados dos outeiros pelo pendor de recostos levemente inclinados; em que a relva se mira á luz vermelha da aurora no espelho do caramelo, que envidraça a superficie dos pegos e remansos dos regatos. Falar-vos-hia de uma abençoada missa do gallo na aldeia em noite de luar, missa mil e quinhentas vezes mais poetica do que toda a poesia protestante desde Luthero, o pae do protestantismo, até Strauss, que hoje lhe tira as derradeiras consequencias; falar-vos-hia, emfim, de mil cousas, muito bonitas, muito viçosas, muito brilhantes, mas que viriam tanto a proposito de S. Pantaleão, como o anno paschal daquella sancta velha da tia Jeronyma viria a pello da Natividade com o seu caldo tradicional de perú, ou como o estylo do nosso drama moderno se casa com a linguagem da sociedade cujo transumpto deve ser. É por esta razão que em cousas serias, quaes a presente narrativa, eu sou muito pechoso em averiguar tudo quanto póde contribuir para a perfeição de obras em que a fórma de modo nenhum ha-de vencer a substancia: —e a essa classe pertencem estes estudos moraes.

 Resolvida e assentada a questão de tempo e logar, sem o que não ha obra litteraria, segundo affirmam os glossadores e espivitadores daquella famosa embrulhada de Horacio chamada a Epistola aos Pisões, resta dizer alguma cousa ácerca de S. Pantaleão. Por muita importancia que eu ligue á feira, aos foguetes, aos buscapés, ás jarras de flores, aos tocheiros accesos, ao sacristão, á musica, aos festeiros, e ao padre prior, ligo muita mais á memoria daquelle cuja festa trazia n'um rodopio toda a aldeia, e até tivera a influencia magnetica de alargar os fechos da bolça ao veneravel moleiro Bartholomeu. Tenham, portanto, paciencia; que já agora hei-de dizer-lhes duas palavras ácerca do meu rico sancto. São reminiscencias do sermão, o qual, desde aqui fique sabido, foi feito e prégado por Fr. Timotheo, o fradalhão arrabido de mendicante e espoliada memoria. É pouco mais ou menos um resumo da historia do sancto como a contou Fr. Timotheo. Parece-me que o estou ouvindo!

S. Pantaleão era um medico de Nicomedia: o bispo Hermolau converteu-o ao christianismo. Desde então elle reduziu o seu receituario á invocação do nome do Senhor. Seguiram-se d'aqui duas consequencias graves: as suas curas foram mais baratas e mais rapidas, ao mesmo tempo que as offertas dos doentes escaceavam nos templos pagãos, e os sacerdotes de Esculapio começavam a morrer litteralmente de fome. O resultado foi um clamor geral contra o pobre sancto: os sacerdotes accusavam-n'o de impio e de bruxo, os medicos de charlatão. O odio contra elle chegou ao ultimo auge: só faltava uma occasião para a vingança: esta não tardou a apparecer.

"Não, que não havia de chegar!—rosnou o barbeiro, que, espécado em frente do pulpito, meneava a cabeça laudativamente de quando em quando, em honra da eloquencia de Fr. Timotheo, que, narrando a vida do sancto, esbravejava como um possesso.—Não, que não havia de chegar! Bastavam os medicos. Os medicos e os cirurgiões! Posto que até certo ponto pertença á faculdade, hei-de dize-lo: é a classe mais invejosa do merito, que eu conheço."

O barbeiro pensava assim havia muitos annos: desde que fôra cruelmente arranhado por tres raposas, que os lentes do Hospital lhe tinham largado ás pernas em um exame de sangrador. Boas ou más, eram as suas doutrinas.

Entretanto o arrabido continuava a lenda de S. Pantaleão: as idéas que della conservo são as seguintes:

Neste meio tempo veio a Nicomedia o imperador Maximiano. S. Pantaleão restituiu perante elle a um paralytico o uso dos membros, o que nem os sacerdotes pagãos, nem os medicos tinham podido fazer, mostrando assim quanto era poderoso o Deus dos nazarenos. Mostrar aos poderosos que se tem razão contra elles é o maior dos perigos do mundo. S. Pantaleão experimentou-o. Lançaram-n'o ás feras no circo: mas as feras, em vez de o devorar, vieram lamber-lhe os pés. Cresceu a colera do imperador. Mandou ata-lo a uma grande roda e solta-lo por uma ladeira abaixo; mas as prisões quebraram-se e o suppliciado ficou illeso. Então ordenou que o degolassem. O sancto, segundo parece, estava já saciado de prodigios: ao golpe do algoz a cabeça voou-lhe dos hombros, e a sua alma, subindo ao ceu, viu o proprio nome escripto no livro dos martyres. O inferno e a tyrannia tinham sido mais uma vez vencidos.

Tal é em poucas palavras a historia do sancto orago da aldeia, que constituia os dominios espirituaes do padre prior.

A noite que precedeu á grande solemnidade da parochia foi semelhante naquelle anno em que succedeu o caso da Bernardina ao que havia sido no anno antecedente; semelhante ao que costumam ser taes noites nos campos deste nosso bom Portugal. Um coreto coberto de velhos razes alteava-se á porta da igreja: delle resfolgava uma selvagem e, ás vezes, atrozmente desentoada musica, e em baixo crepitavam as fogueiras. Como faltariam fogueiras no mez de julho e em festa saloia? Os fogos nocturnos são o symbolo da alegria; mas cumpre que se repintem no ceu diaphano e estrellado. Debaixo de uma atmosphera crassa e negra o seu reflexo tem o que quer que seja soturno e infernal. O sentimento poetico está mais vivo e puro nas almas habituadas ás harmonias campestres, do que em nós os habitantes das grandes cidades: é por isto que os camponezes accendem no estio as fogueiras festivas, usança que, como todos sabem, offende o nosso profundissimo e estupidissimo senso-commum. Eu, por mim, que, graças a Deus, não tenho a honra de pertencer á classe desses que lidam, contentes de si, por se bambolearem no vertice da animalidade pura, e que se chamam homens da vida positiva, digo que, por mais ardente que vá o estio, amo uma fogueira no arraial em vespera de festa, e aquelle estourar e chispar dos foguetes que roçam rapidos pelo manto escuro da noite. Sei tambem que o consumir-se polvora em esbombardear cidades, e em alastrar de cadaveres um campo de batalha é cousa muito mais philosophica e sisuda, do que desbarata-la nas festividades supersticiosas do povo. Mas nem todos podemos ser philosophos, e eu tenho quéda particular para a superstição.

E que quereis? O catholicismo é jovial: o seu culto, como o vulgo o entende, é ruidoso, e risonho, e brilhante, e attractivo, e sociavel, e por isso debalde trabalharieis por arranca-lo ao povo, que vive e morre no meio do trabalho, dos cuidados, das privações. O domingo, o dia sancto, o orago da parochia são os seus dias de contentamento e repouso. Abençoado quem inventou os oragos! Pois as invocações da Virgem, e a advocacia dos sanctos?! Mil vezes bemdito quem os multiplicou! Ride-vos, se vos aprouver, dos que crêem que tal Senhora obra mais maravilhas que todas as outras Senhoras junctas; que tal sancto é remedio infallivel para esta ou para aquella enfermidade. As preces levam pelo menos uma vantagem ás drogas dos physicos: não custam nada, e são mais ricas de esperança; e a esperança é a maior, quasi a unica virtude dos medicamentos. E depois as devoções, as promessas geraram as romarias, as festas, e logo as feiras e todo esse franco e alegre folgar das multidões, que voltam de lá contentes, sem tedio e sem remorsos, o que nem sempre nos acontece nos nossos prazeres das cidades, a que bem longe estamos de associar nenhum pensamento de Deus.

Alguns economistas destes tempos dizem—"as feiras vão-se"—- como certos doutores de ha uns annos diziam, alludindo ao christianismo —"*os deuses vão-se.*"—Oh semsaborões de meus peccados! Nem os deuses, nem as feiras se vão! Tudo isso fica, porque o abriga e salva a egide encantada do amor popular: vós é que tendes seguro o passardes; e se fizerdes o vosso ablativo de viagem n'alguma aldeia como a do meu padre prior, lá do adro, onde haveis de jazer, alevantae a caveira descarnada, no dia de S. Pantaleão, ou do sancto influente do logar, qualquer que elle seja, e vereis o foguete subir aos ares, e os Manueis e as Bernardinas de então a feirarem-vos em rebemdita sobre as cinzas, que as ventanias terão espalhado, e ouvireis o ramram da guitarra, e o cantar ao desafio, e o bradar dos leilões de cargos, e aviventar-vos-ha o olfacto o cheiro do incenso, involto em rolos de fumo, que, espalmando-se nas faces dos gordos cherubins pintados no tecto, surdirão pelo portal da velha igreja remoçada d'ochre, e virão embalsamar os ares: inclinae, não as orelhas, que não as tereis, mas os ouvidos em osso, e escutae o futuro padre prior alevantando o *Gloria*, e o prégador—"ai! já não será um fradalhão arrabido!..."—contando, voz em grita, as maravilhas do martyr. Então reconhecereis a vaidade das vossas doutrinas, e morder-vos-heis e damnar-vos-heis, dizendo com as vossas costellas esbrugadas, á falta de botões:—"Bem nos prégava aquelle grande chronista do padre prior! Aquillo é que era homem de juizo! *Miserere mei, Deus, quia asinificavimus!* Compadece-te de nós, Senhor, porque asneámos!"

Agora por asnear, acudamos a um reparo antes de ir mais longe. Já ouço um destes oragos de botequim (tambem aquelles templos tem seus oragos); um destes eruditos em Balzac e Marryat, em Paul de Kock e Dickens, sacudir a melena annelada, affastar da bôca o charuto apertado entre o pae-de-todos e o fura-bolos, salivar com os dentes cerrados, dando um som de espirro de gato, tomar a postura solemne que estudou n'uma gravura em madeira do Antony de Dumas, e dizer-me em tom pausado e soturno:—Oh malfeliz, malfeliz! que em vez de empregares esses raios do fogo ceruleo e invisivel das inspirações estheticas, que, da mysteriosa solidão em que se dilata o halito celeste da summa intelligencia, desceu aos abysmos íntimos da tua essencia, em depurares o sentimento religioso das suas formulas materialisadas para o transportares ás regiões ideaes do culto íntimo, seguindo os vestigios das notabilidades mais remarcaveis da intellectualidade actual que fluctuam nos grandes centros de luz progressiva chamados París e Londres, vertes os teus sarcasmos baixos, triviaes, e desgostantes, sobre o espiritualismo pantheistico, apoias o fetichismo, e poetisas (crês poetisar, digo eu) essas festas da populaça, e esses prazeres gordureiros das massas, que sublevam o coração daquelle que adora o supremo architecto no silencio interior, em quanto os seus labios estão immoveis como se elles fossem de marmore explorado nas carreiras de Paros! Escriptor retrogrado e condemnavel, que em logar de combateres a barbarie do paiz, pretendes atacar mais o povo ao obscurantismo, que dirão as summidades do jornalismo estrangeiro e os toiristas e impressionistas viageiros quando lançarem seu golpe d'olho d'aguias para o Portugal, e virem sua materialisação supersticiosa inculcada, e suas tradições grosseiras exaltadas? Repetirão o que o immortal marido de Lady Byron dizia de nós a proposito de uns cachações com que o massacraram certa noite á saída de S. Carlos:

"Nação impando de ignorancia e orgulho,
Que lambe e odeia a mão que brande a espada
Que do Gallo assanhado á zanga o rouba...[1]
* * * * *

Onde é sujo o palacio ao par da choça,
E o hospede forçado em lama trepa;
Onde nobres, plebeus nunca pensaram

---

1 Isto escrevia o nobre Lord em 1809, quando os inglezes reivindicavam dos francezes o throno de Beresford 1.º occupado pelo usurpador Junot 1.º—-
(Nota do gamenho que fala).

Em ter limpa a casaca ou roupa branca,[1]
Posto que a lepra egypcia os cubra e rôa,
Intacta d'agua a pelle, e a grenha hirsuta.

Servos torpes e vis,[2] bem que nascidos
Nas pompas da creação. Tola és, natura,
Com defunctos ruins em gastar cera.
 Eis o que elles dirão lendo a tua inconscienciosa defeza dos
costumes e credulidades dos tempos do jesuitismo e da
inquisição."
 Tal reparo antevejo eu que me ha-de ser feito pelos pensadores da
nossa terra, por estas ou por outras palavras. Respondo—o que
escrevi escrevi. A primeira vez que puz os olhos naquelles bonitos
versos do Child Harold, impei. Fui vivendo e lendo, e affiz-me ás
injurias de estranhos. Livros, jornaes serramadeiras, jornaes
populares, jornaes atoalhados, jornaes lençoes, em se tocando em
Portugal, sancta Barbara, advogada dos trovões, nos acuda!
Fervem as calumnias, os motejos, as accusações de todo o genero;
o que inquestionavelmente é grande, é nobre, é generoso! O dar é
assim!—n'uma nação cuja lingua, pouco conhecida na Europa,
torna impossiveis as represalias. E se fosse a verdade só! Muitas
verdades amargas nos poderiam dizer, como se podem dizer a
todas as nações do mundo; mas a calumnia tem mais pilheria; e
Portugal é um thema em que até os inglezes querem ter graça! Os
francezes ainda alguma vez por engano nos fazem justiça: elles
nunca. Em Inglaterra não ha nenhum tolo que não faça um livro
de *tourist*, nenhum architolo que não o faça sobre Portugal: estes
livros e os sermões constituem o grosso da sua litteratura.[3] Assim,
oh philosopho idealista progressivo, eu sei tão bem como tu o que
nos ha-de custar a festa de S. Pantaleão, quando esta famosa
historia for caír nas mãos dos criticos d'alem-mar. Mas pensas que
me faltará moeda para dar troco ás miserias de revisteiros,
touristas, magazineiros, e fazedores de livros em sarapatel

---

1 Estylo epico em Inglaterra e na Cafraria.
2 *Poor paltry slaves!—Pobre* na livre Inglaterra é synonimo de *desprezivel e
vil*, por isso traduzo assim.—*(Nota do gamenho orador)*.
3 Não me persuado de que nenhum leitor tome ao pé da letra este brinco
litterario. A Inglaterra é uma grande nação, e possue no seu gremio muitos
homens honestos, sabios, e por todos os modos respeitaveis. Mas a essa classe
não pertencem por certo aquelles, que, propondo-se illustrar o povo,
escrevem ácerca de uma pobre nação, que nunca os offendeu, toda a casta de
absurdos e mentiras insulsas.

mascavado de normando e teutonico, surripiado por metade em cada palavra na melodiosa pronunciação britannica? Enganas-te, oh caricatura viva do Anthony morto! Enganas-te! Quando os inglezes se rirem de elles terem muito dinheiro e nós pouco, torçamos a orelha, e choremos como creanças pelas barbas abaixo. Quando elles compararem o Strand ou Regent-Street com os arruamentos da nossa cidade baixa, agachemo-nos. Quando perfilarem as suas estradas com as nossas azinhagas reaes, cubramos a cara. Mas quando compararem as venturas do homem de trabalho inglez com a triste sorte do peão portuguez, risada. Quando oppozerem as virtudes e illustrações das suas classes infimas á barbaria e estupidez das nossas, duas risadas. Quando encherem as bochechas das suas velhas liberdades (do tempo de Ricardo III, de Henrique VIII, de Isabel, de Cromwell e de Carlos II), das suas leis de propriedade em particular, e da clareza, simplicidade, e rectidão de todas as suas leis em geral, e nos atirarem á cara o absolutismo dos nossos antigos monarchas, a bruteza da nossa ordenação, a intolerancia dos inquisidores, trinta risadas. Quando, emfim, nos offerecerem em escambo das nossas crenças, dos nossos costumes religiosos, os seus costumes e a sua crença, que esborôa ha mais de dous seculos em quatrocentas crençasinhas, com seus nomes muito arrevesadinhos, quatrocentas risadas ou antes uma risada só, mas retumbante, macissa, inextinguivel, como aquellas famosas gargalhadas dos deuses de Homero. O caso é d'isso! Se caíssemos na troca ficavamos logrados. Traziam-nos de involta na carregação dos sermões domingueiros os dizimos e as bruxas, de que ha muito estamos livres pela misericordia divina, e que são os dous maiores flagellos da Inglaterra, depois da lei dos cereaes e dos arrendamentos das terras, que ahi alugam, até por semana, a dez milhões de esfaimados quatrocentos mil proprietarios gordos e anafados.

Ao menos são quatrocentas mil barrigas de uma amplidão respeitavel, campeando entre dez milhões de irmãos nossos, que não foram formados de barro, como nós e Adão, mas de massa insonsa de batatas.

Capítulo V: Excurso Patriotico

Falemos serio: não comtigo, philosopho esthetico-romantico-progressivo, que não vales a pena d'isso, mas com o povo portuguez, que fala portuguez chão e intelligivel. Falemos serio, porque estas materias de crença e de culto são cousas graves e sanctas. Saber resistir á violencia é forte, mas vulgar; saber resistir á calumnia e aos motejos é maior esforço e mais raro. Envergonhemo-nos do que houver mau e corrupto nos nossos costumes; envergonhemo-nos de muitas vezes não seguirmos na vida practica os dictames do christianismo: não nos envergonhemos, porém, do culto dos sete seculos da monarchia. A lingua e a religião são as duas cadeias de bronze, que unem no correr dos tempos as gerações passadas ás presentes; e estes laços que se prolongam através das eras são a patria. A patria não é a terra; não é o bosque, o rio, o valle, a montanha, a arvore, a bonina; são-no os affectos que esses objectos nos recordam na historia da vida: é a oração ensinada a balbuciar por nossa mãe, a lingua em que pela primeira vez ella nos disse:—"meu filho!"—A patria é o crucifixo com que nosso pae se abraçou moribundo, e com que nós nos abraçaremos tambem antes de ir dormir o grande somno, ao pé do que nos gerou, no cemiterio da mesma aldeia em que elle e nós nascemos. A patria é o complexo de familias enlaçadas entre si pelas recordações, pelas crenças, e até pelo sangue. Tomae, de feito, as duas dellas que vos parecerem mais estranhas, collocadas nas provincias mais oppostas de um paiz: examinae as relações de parentesco de uma com outra familia, quaes as desta com uma terceira, e assim por diante. Dessa primeira, que tão estranha vos pareceu á ultima, achareis um fio, enredado sim, talvez inextricavel, mas sem solução de continuidade. Uma nação não é só metaphoricamente uma grande familia: é-o tambem no rigor da palavra.

A oração que consolou nossos avós nos consola no dia da amargura: o gesto com que imploramos a providencia é mais vehemente quando nos foi transmittido por aquelles que pedem por nós a Deus. É por esse meio que os homens apertam mais os laços invisiveis que os unem aos seus maiores; porque o sentimento mysterioso da familia, e portanto da nacionalidade, se purifica e fortalece quando se prende no céu.

Vêde na historia a prova de que a religião póde por si só crear uma nacionalidade mais rapidamente que todos os outros elementos que tendem a compôr as nações. Considerae as cruzadas; essa multidão de homens nascidos em paizes diversos, entre os quaes não ha nenhuma communidade de interesses, antes muitas vezes odios sangrentos e fundos. Lá na Asia, em frente do islamismo, formam um só povo; são irmãos, porque ajoelham todos ante o mesmo altar; combatem todos pela mesma idéa religiosa. Olhae para os mussulmanos: vêde o koran agglomerando, assimilando o beduino e o egypcio, o alarve do Atlas e o negro de El-Sudan. Onde quer que um pensamento grande precisa de toda a energia de uma unidade social para se desenvolver e realisar, lá haveis de encontrar a religião produzindo essa energia.

Se isto é assim, qual culto, entre os de todas as parcialidades christans, será mais efficaz em gerar essa unidade forte do amor patrio, que dá, não tanto a vida activa e exterior, como uma vida intima, escondida, tenaz, que resiste á morte e á dissolução social? Serão essas mil variações do protestantismo, que diariamente se vão subdividindo, e condemnando umas pelas outras; essas crenças incertas, em que o filho já despreza o culto que o pae seguiu, e o neto desprezara o de ambos? Quando e onde, não dizemos na mesma cidade e na mesma rua, mas na mesma familia, em quanto o marido dorme ao som monotono do sermão anglicano, sublime de trivialidade e tedio, a mulher dá representações de Bedlam[1] n'uma senzala de quakers ou de methodistas, póde-se acaso dizer que ahi a religião é laço que impeça a morte do corpo da republica, não nos dias de ventura e prosperidade exterior, em que é facil conservar pelo orgulho a unidade nacional, mas nas epochas de calamidade e decadencia? Parece-nos pouco provavel. Ahi, as prisões moraes da familia são apenas habitos humanos, e não estão harmonisadas e sanctificadas por se prenderem no céu: o primeiro sopro das paixões ou da desventura as reduzirá a pó. A historia tambem no-lo diz, e a historia não é senão a prophecia do futuro.

O protestantismo accusa o catholicismo de se haver afastado da pureza christan antiga, e gaba-se de ter revocado o christianismo ás suas tradições primitivas. O discutir tal materia, em relação ás doutrinas, fôra insensato: os tempos dessa argumentação consummaram-se; tudo por este lado está dicto de parte a parte. Quanto, porém, ás formulas exteriores do nosso culto, são essas que ainda hoje attrahem os insulsos motejos da imprensa protestante; é o culto catholico principalmente que dá origem áquellas graças inglezas, tão agudas como a intelligencia dos habitantes do *Bethnal-Green* de Londres ou do *Winds* de Glasgow, embrutecidos pela fome, pela embriaguez e pela immundicie; tão brilhantes e leves como o fumo de carvão de pedra, que constitue a

---

1 Bedlam, como a maior parte dos leitores sabem, é o mais famoso hospital de doudos em Inglaterra.

atmosphera britannica. Diariamente são accommettidas as duas nações das Hespanhas nos seus habitos religiosos por homens que empregariam melhor o tempo em estudar os cancros asquerosos que devoram moral e materialmente a classe popular no seu proprio paiz, e em pedir á riqueza, só poderosa, só respeitada, só insolente, mais alguma caridade para com os muitos milhões dos seus compatricios, que lidam, cheios de fome e de frio, cubertos de farrapos e vermes, para accumularem aos pés de bem poucos homens as fortunas incalculaveis e quasi fabulosas que alimentam o luxo desenfreado de Londres, da Roma, ou antes da Babilonia moderna.

Por certo que no culto catholico se tem introduzido abusos, e para isso contribue muitas vezes o proprio clero, menos instruido, menos bem educado, moralmente, que o clero anglicano. Mas em que é culpado o culto da pouca instrucção dos seus ministros, e dessa falta de educação moral, que diversas causas, alheias á religião, têm trazido e trazem ainda? É a igreja que recommenda a ignorancia? São os abusos consequencias logicas das doutrinas catholicas? Eis o que cumpriria se provasse, como não é difficultoso mostrar, que o protestantismo, querendo annullar as pompas e espectaculos, as formulas externas e brilhantes do catholicismo, matou tudo o que a crença do Calvario tinha de uncção, de consolações, de affectos para o commum dos seus sectarios, e converteu a religião n'uma certa metaphysica nevoenta, que foge á comprehensão das almas rudes e vulgares, quebrando todos os esteios, a que nesta vida de tristezas e dores ellas se encostavam para confiarem no céu, e consolarem-se na esperança; porque esses arrimos, necessarios á sua fraqueza intellectual, eram o unico meio de subirem até o throno de Deus, e descerem de lá armadas de resignação para continuarem a luctar com as tempestades da existencia. O protestantismo foi só feito para os ditosos e abastados da terra!

Vêde aquella casinha, tão humilde e só, no meio de um descampado. Lá, sobre camilha dura e rota, delira em accesso febril um filho, unico amparo da mãe idosa, que véla chorando ao pé delle. Na sua solidão e miseria nenhuns soccorros humanos póde esperar a pobre velha, cujas mãos trémulas em vão tentam conchegar as roupas, que o febricitante arroja, murmurando afflicto com o ardor que o devora. Uma lampada de ferro, que allumia frouxa o aposento, arde no canto opposto diante de uma grosseira e affumada imagem da Virgem. A triste mãe volve para lá os olhos embaciados da idade e das lagrymas, e sente que não se acha inteiramente abandonada. Alli está outra mãe que tambem derramou pranto por um filho; pranto mil e mil vezes mais amargoso que o seu. Ella ha-de comprehender-lhe a afflicção e valer-lhe, porque é boa, e poderosa ante Deus. Ei-la, a pobre velha, que trôpega se arrasta, e ajoelha aos pés da imagem, e cruza as mãos enrugadas, e ora; ora com fé viva. Na procella de terrores que a cercam começa a bruxulear uma luz de esperança: espera, porque crê na possibilidade da intercessão e dos milagres; e anima-se, e a tempestade da sua alma asserena-se, e a dor mitiga-se, porque, no meio das lagrymas e das resas, ella pensa lá comsigo que aquella imagem trouxe já muitas consolações a seus paes, a ella mesma, e a toda a familia, e que a Virgem Sanctissima ha-de acudir-lhe ao seu filho, que desde pequenino gostava de ir apanhar as flores campestres para enfeitar a Senhora, e que tantas vezes á noite antes de se deitar ía pôr-se de joelhos alli onde ella estava, e resar uma salve-rainha. E quantas vezes, depois destas orações ardentes, volve Deus olhos compassivos para a morada da miseria e da amargura, e obra, não um milagre inutil, mas o beneficio que faria qualquer medico, se na habitação solitaria houvesse a possibilidade de se buscarem os soccorros da sciencia humana!

Dirá o protestantismo que isto é idolatria? Que! Ignora, acaso, o mais grosseiro catholico que acima dessa imagem está o espirito puro que ella representa, e que acima desse espirito está Deus? O catholicismo no seu culto das imagens, nas suas festas, nas suas *visualidades*, como vós lhes chamaes, commetteu o grave erro de suppôr que a maioria do genero humano não era composta de philosophos, nem capaz de um espiritualismo absoluto; de abstrahir inteiramente das cousas sensiveis para remontar ao céu. O catholicismo lembrou-se das doutrinas do Christo; accommodou-se á curta comprehensão dos pequenos e humildes. Vós tendes um evangelho mais fidalgo e altivo. O protestantismo convem por isso ao Reino-Unido, onde os quatrocentos mil senhores do solo são tudo, e são nada quinze ou vinte milhões de servos de gleba e de mendigos.

E como deixaria elle de ser exclusivo, aristocratico, orgulhoso? Essa crença, ou antes essa infinidade de crenças, unidas só em guerrear a igreja de dezoito seculos, e que no dia em que lhes faltasse o inimigo commum se despedaçariam mutuamente, não podem deixar de viver de um mysticismo perfumado, de um culto inintelligivel para o povo. Desde que a reforma substituiu á auctoridade e á tradição a sciencia humana, o raciocinio e a discussão, saíu do templo para a eschola; transformou-se de fé em theoria. Então o christianismo deixou de ser uma cousa practica e positiva para todos os homens: os espiritos grosseiros e ignorantes acceitaram-n'o como um costume que acharam no mundo, sem affecto nem má vontade, e as imaginações desregradas fizeram cada qual uma religião a seu modo. Deram uma biblia ao ganhapão, ao porcariço, ao belforinheiro, e por esse facto constituiram-n'o theologo, sancto-padre, e até concilio. Creram ter estendido ao genero-humano a maravilha das linguas de fogo que desciam sobre os apostolos, e ficaram muito contentes de si. As multidões é que ficaram tristes e desconsoladas, porque tinham desapparecido de redor dellas todos os symbolos, todas as imagens, que lhes serviam como de marcos miliarios para buscarem a Deus.

Affigurae-vos, de feito, o exemplo da mãe idosa e miseravel, que vê em transes mortaes o filho, seu unico abrigo; buscae este exemplo ou outro qualquer, porque entre os pequenos não são raras nem pouco variadas as occasiões de asperos infortunios. Lançae-a no seio do protestantismo. Qual refugio lhe offerecerá a religião; refugio immediato, solido, esperançoso? A biblia? Tambem nós sabemos que thesouros encerra a biblia: tambem nós sabemos quantas vezes as suas paginas divinas têm feito dilatar em torrentes de lagrymas as negras aperturas do coração: tambem nós sabemos que dessa fonte inexhaurivel mana a resignação e a paz: a igreja catholica sabia-o muitos seculos antes de vós existirdes. Mas quem vos assegura que a pobre velha achará a passagem analoga á sua situação; que encontrará nas palavras do livro sacrosanto o conforto de que carece, e a esperança do soccorro immediato e sobre-humano de que não menos precisa? Quem vos assegura, emfim, que ella saberá ler? Ou é que no paiz dos quakers a inspiração tambem faz de mestre-eschola, como exercita o mister de mestre de theologia?

E depois, não sabeis que a dor moral do homem do povo tem gemidos e queixumes; é estrepitosa, delirante, sincera? que não se reporta, não se esconde, e vem ao gesto, aos meneios, aos olhos, á voz, como a dor physica! Julgae-la acaso semelhante ao *spleen* do dandy, ou ao devorar intimo e calado das almas, a quem a educação e a sciencia ensinaram a dignidade das grandes agonias? Estes taes, exteriormente tranquillos, podem encostar-se ao braço, fitar os olhos no livro aberto ante si, e aspirar naquellas paginas sublimes e profundas o halito consolador que dellas espira. Mas para o homem do povo, quasi primitivo, quasi selvagem, cujos olhos nadam em pranto, e que se estorce e brada flagellado pela afflicção, a biblia é nesses instantes inutil, porque é impossivel. Deixae-lhe a imagem do sancto, ocrucifixo, o voto, o altar domestico, a lampada accesa ante o vulto do martyr ou da Virgem: deixae-lhe o ajoelhar, o gemer, o resar, o fazer promessas. Deixae os symbolos materiaes da confiança na providencia á imbecilidade da natureza humana, aliás, crendo anniquilar a superstição e a idolatria, não fareis senão matar a vida moral e religiosa do povo.

Se nos dias, desgraçadamente mui communs, das máguas extremas só o catholicismo tem conforto para o homem rude, nos de contentamento só o catholicismo tem festas que convertam para a gratidão e para Deus o seu goso interior, que tende a trasbordar em risos e folgares. O simples repouso do domingo, para o que, condemnado a lavor indefesso durante a semana inteira, compra á custa de suor e cansaço um pouco de pão duro e grosseiro, é uma alegria semelhante á do preso, que, adormecendo em ferros, despertasse livre. Aquelle coração precisa de dilatar-se, aquelles sentidos de recrearem-se, aquelle espirito murcho e triste de se tornar viçoso, de desabrochar de novo ao sol da vida, ao menos n'alguns desses dias reservados ao descanço. É então que o catholicismo lhe offerece as pompas das suas solemnidades; o templo illuminado, os canticos dos sacerdotes, as harmonias do orgão, o espectaculo brilhante das vestes sacerdotaes e dos adornos do altar, os ramilhetes povoando os degraus do sanctuario, ou juncando o pavimento, o incenso embalsamando a atmosphera. E como tudo isto é para as multidões, o culto trasborda do estreito recincto e derrama-se pelas ruas, pelas praças, pelos campos em procissões, em cirios, em romarias, e o povo fluctua, folga, resa, tripudia, esquece-se dos seus destinos de miseria e trabalho, ama a religião que o consola, e voltando ás suas habituaes fadigas, leva para o meio dellas a saudade do dia-sancto e as recordações affectuosas da igreja.

E o protestantismo? O protestantismo despedaçou os vultos dos sanctos, prohihiu os oragos, as procissões e as romagens: esfarrapou alvas, casulas, amictos, pluviaes; apagou as luzes; varreu as flores; assoprou o incenso. Fechou-se na celebração do domingo; e fez bem! bem ao povo, a quem para tedio e tristeza, nos paizes protestantes, sobeja o domingo. E porque fez elle isto? Foi porque essas cousas eram superstições papistas: as imagens idolatria, a agua benta agua lustral, as vestes sacerdotaes indecencias ridiculas, as ceremonias visagens, a missa mentira. Passagens de biblia e compridos sermões ficaram bastando ao culto externo, e se alguma cousa deixaram ainda a este, poetica e attractiva, foi o canto dos psalmos e as harmonias do orgão; porque, como todos sabem, nas agapas dos christãos primitivos cantavam-se os psalmos ao som do orgão!! Os protestantes são indubitavelmente antiquarios eruditos, mas, sobretudo, logicos.

Qual foi o resultado desta reformação insensata de instituições antigas e venerandas? Foi que o culto se tornou n'um habito machinal, n'uma acção que se practíca na impossibilidade de se practicar outra. A policia vigia sobre isso. Deixe ella ao domingo abrir as lojas, os passeios, os estabelecimentos publicos, os espectaculos, as fabricas e as officinas; deixe correr nas veias do corpo social o sangue comprimido, e os templos dos districtos d'Inglaterra mais fervorosos no protestantismo ficarão tão ermos como as igrejas da Irlanda, onde o reitor préga ao sacrista o suado sermão, que ha-de um dia, impresso, allumiar o mundo, emquanto o seu recalcitrante rebanho, á porta do presbyterio solitario, ouve ajoelhado na rua a missa que em altar portatil lhe diz o pobre clerigo catholico, verdadeiro e legitimo pastor, a quem incumbe o consola-los, bem como ao parocho protestante pertence... o que? Fazer predicas ás paredes, e comer os dizimos, sacramento, que, de certo, o puritanismo protestante achou n'algum alfarrabio velho ter sido instituido por Christo!

Temos ouvido lamentar ás pessoas de boa fé excessiva, destas que estudam as nações nas apparencias, e não na vida intima, que o catholicismo não tome entre nós a severidade e decencia exterior do culto anglicano; que o dia consagrado ao Senhor não seja guardado pontualmente; que as nossas igrejas não offereçam na celebração dos officios divinos a gravidade, o silencio, a ordem, o aceio de um templo protestante, nas horas destinadas á oração. No estado actual das sociedades, em que o fervor dos primeiros tempos christãos tem esfriado, em que, tanto entre catholicos como entre protestantes, a religião deixou de ser o primeiro, ou, ao menos, o exclusivo negocio dos homens, o que elles desejam seria impossivel, e se absolutamente um bem, relativamente um grande mal; porque as causas que facilitam esse estado de cousas em Inglaterra são a prova mais clara da morte, se não de uma certa religião vaga, em que os espiritos mais cultivados se alevantam até ao pé do throno de Deus, ao menos da religião positiva, practica, definida, morta e enterrada ha muito na mina de carvão de pedra chamada Gran-Bretanha.

Já dissemos que não é tanto o sentimento religioso que guarda em Inglaterra a decencia do culto, como a admiravel policia ingleza. Quem não o sabe? Quem ignora que naquelle paiz a religião tem a natureza de outra qualquer formula material da sociedade; que é uma cousa como o regimento, a nau de guerra, o *workhouse*? Ao christão um vigario, uma biblia, e a cadeia se perturbar o officio divino; ao soldado um coronel, uma espingarda, e uns açoutes se mecher a cabeça na fórma; ao marinheiro um commodóro, um posto juncto da amurada, e um mergulho por baixo da quilha se offender a disciplina; ao miseravel que vae cahir no workhouse um director implacavel, uma atafona, e ração curta para aprender a deixar-se estalar á mingua sem pedir esmola. A cada instituição suas condições, sua sancção penal, seus destinos: o regimento serve para provar aos chartistas que a melhor organisação politica possivel é a que faz morrer annualmente milhares de obreiros de fadiga, de fome, e de febres putridas sobre uma pouca de palha fetida e humida, no fundo de subterraneos; a nau serve para civilisar a India pelas contribuições, e moralisar a China pelo opio; o workhouse serve para curar radicalmente os que não têm nem pão nem camisa, do vicio infame da mendicidade; emfim a igreja dominante *(established church)* serve para sustentar de dizimos muitas familias honradas com as modestas e reformadas prebendas anglicanas, entre as quaes nenhuma excede a vinte mil libras esterlinas *per annum*, ou, em moeda portugueza, a obra de uns mesquinhos duzentos mil cruzados.

O templo catholico é commummente o symbolo da completa igualdade: lá não ha distincções, senão para os ministros do culto; e quando o orgulho humano, que forceja sempre por invadir ainda as cousas mais sagradas, vae ahi profanamente estender o tapete aristocratico, e collocar sentinellas, o povo murmura, e murmura em voz alta; porque sabe que na sociedade christan só ha um Grande e Poderoso, que é Deus. Os nossos habitos, as nossas idéas são que o mais commodo, o mais distincto logar no templo pertence ao que primeiro o occupou. O catholicismo entendeu que diante da magestade do Creador os vermes cobertos de brocado não o são menos que os vermes cobertos de farrapos. Assim o vulgo dos fiéis precipita-se como torrente atravéz dos umbraes da igreja; estrepita nas lageas do pavimento com os seus sapatos ferrados; roça com o burel grosseiro as finas sedas dos nobres e abastados; afasta com as mãos callosas os grupos alindados dos peralvilhos; esquece-se, emfim, dos respeitos humanos, que se guardam, e devem guardar, cá fóra. Como, pois, obter a ordem, as attenções, o silencio? O nosso povo é rude e mal educado (não o gabâmos por isso; mas o vulgacho inglez leva-lhe, em bruteza, incomparavel vantagem); o nosso povo conserva dentro do templo os habitos ruidosos, inquietos, grosseiros da praça publica. E poderia elle despi-los de subito ao entrar na casa de Deus? Prova acaso o borborinho, que ahi sôa, desprezo pela religião? Examinae os que parecem estar com menos respeito e decencia; os que falam e se agitam: são aquelles entre os quaes o christianismo iria achar os seus martyres, se viessem de novo os tempos em que a crença do Crucificado precisava de ser revalidada pelo sangue dos seguidores da cruz. Que esses pobres tontos, que nos motejam sem nos conhecerem, venham estudar o catholicismo portuguez, se d'isso são capazes, e saberão se nós falâmos verdade.

Nestas consequencias, tão logicas, tão rigorosas do caracter primitivo da religião christan, e do estado das classes inferiores da sociedade, poz cobro a igreja anglicana. É verdade que Jesu-Christo, segundo o Evangelho, *na traducção vulgata*, chamou principalmente os pobres e humildes; e se no templo ha quem valha mais que outrem, não são por certo aquelles que o Filho de Deus achava mais anchos para entrarem no reino dos céus, do que um camello para entrar no fundo de uma agulha. A igreja reformada entendeu provavelmente que outra era a interpretação do Evangelho; porque é corrente que os catholicos nunca souberam grego, desde S. Jeronymo até Angelo Policiano, ou Ayres Barbosa, para o poderem interpretar bem. Assim, em Inglaterra, aquellas tão formosas e vastas cathedraes da idade média, a que só falta um culto poetico e consolador para serem sublimes, repartiram-se em camarotes de theatro, fechados á chave, e alguns até com todos os requisitos desse *comfort*, que só os inglezes conhecem bem. As jerarchias do dinheiro e do sangue estão lá rigorosamente guardadas: pelo logar dos stallos, e pelo seu luxo, os espiritos habituados á topographia da *Church* podem orçar o numero d'avós ou os milhares de libras que possue cada filho da igreja anglicana: o commum dos villãos, empurrados para ao pé da porta, lá perdem em parte os deliciosos periodos do sermão do reitor, encarregado de acalentar... queremos dizer de conservar puros na fé averiguada e decretada pela grande theologa chamada a rainha Isabel, os seus *dizimados* freguezes.

E o vulgo? Os homens do trabalho, da fome, dos farrapos? Os tres quartos da população ingleza? Esses? Esses lá têm o templo da esperança e do consolo: lá tem o *gin's palace* (palacio da genebra), a taberna. Na sua incrivel miseria, os homens que não podem encontrar Deus, porque a igreja anglicana lh'o collocou n'uma atmosphera nebulosa, onde o não descortinam; porque o templo os repelle; porque o *priest* com seu aristocratico, polido e perfumado sermão, não póde substituir a entidade exclusivamente catholica chamada o missionario, sublime de persuasão, de energia e de virgem rudeza; os miseraveis, dizemos, atiram-se desorientados aos braços da embriaguez, porque a embriaguez tem o esquecimento, tem a sua horrivel alegria. Lá, no *gin's shop*, estendendo o braço cadaverico e vacillante para a destruidora bebida, sorvendo-a com phrenesi, essa especie de brutos com fórma humana resumem no seu aspecto e meneios, e na decadencia de todos os sentimentos de pudor, as ultimas consequencias moraes do protestantismo.

Que nos seja permittido citar as proprias palavras de um escriptor moderno,[1] que, melhor talvez que ninguem, pintou o estado presente das ultimas classes em Inglaterra, e que em todos os factos que narra se funda ou nas proprias observações, ou nos documentos officiaes publicados pelo governo inglez. Perfeitamente imparcial a respeito da Gran-Bretanha, o seu testemunho é o que mais a proposito podemos neste ponto invocar.

"A seriedade e o silencio com que este licôr ardente (a genebra) é tragado, fazem arripiar. É como se o povo assistisse a um officio divino. Consummado o sacrificio, vão-se assentando no banco de madeira corrido em frente do balcão, e alli ficam quedos, mudos, como arrebatados em ineffavel extasi. Depois, passados alguns minutos, voltam ao balcão, tornam a beber, e repetem até se lhes acabar o dinheiro. Vae-se assim a ultima mealha. E têm animo de affrontarem o morrer de fome, elles e seus filhos, para se embriagarem. Provou-se pelos inqueritos feitos por causa da lei dos pobres, que as esmolas em dinheiro, dadas pelas parochias, íam cahir inteiras na taberna, e só aproveitavam ao taberneiro. *A povoação infima da Inglaterra está de tal modo atolada no seu lodaçal, que não ha ahi caridade que possa desempega-la.*"

"Sabem todos quão rigoroso preceito ecclesiastico e civil é o guardar o domingo em Inglaterra. A unica excepção da regra é a

---

1 Buret, *De la misère des classes laborieuses* (1842), Liv. 2. cap. 4.

taberna. Lojas, tudo fechado; logares de honesto ou instructivo recreio, como hortos botanicos e museus, o mesmo. Só o *gin's shop* se abrirá de par em par a quem empurrar a porta com o pé. O caso está em que pareça cerrada: duas meias portas solidas, que se fechem por si, fazem a festa: janellas fechadas: dentro lusco-fusco, como em sanctuario, e até sua luz de gaz. Tomadas estas cautelas, plena licença, licença auctorisada para se venderem bebidas todo o dia sem lhe faltar hora. E é neste paiz que os caminhos de ferro estão devolutos por todo o tempo do officio divino, em honra do domingo! Emquanto, em Manchester, eu me espantava das largas que se davam ás tabernas, apresentava-se á camara dos Lords um bill para prohibir o transporte das mercadorias pelos canaes no sagrado dia do domingo! Nesta cidade de Manchester ha jardins zoologicos e botanicos, que o povo frequenta gostoso; mas não se obtem da pontualidade anglicana que estejam patentes no dia sancto; e os bispos, tão escrupulosos no mais, são indifferentes pelo que toca aos *gin's shops*, abertos publicamente e frequentados ao domingo. Não é singular que a cousa unica permittida ao povo seja o embriagar-se?"

Não!—diriamos nós ao auctor do excellente livro que havemos citado.—O governo e a igreja da Gran-Bretanha sabem que entre a horrivel miseria das classes laboriosas, a embriaguez e o suicidio não ha uma quarta cousa para suavisar a agonia dos tractos que a primeira dá ao homem do povo. A religião, que falava aos sentidos do vulgacho, e por meio delles ao seu espirito, mataram-n'a; e como a morte não tem remedio, o protestantismo, creança de dous dias, mas já sem vigor e esfalfada, encommenda á religião das pipas o salvar os malaventurados obreiros, não do suicidio moral, mas ao menos do physico.

Dir-se-ha que o povo não está entre nós n'uma situação analoga á do povo inglez, para o catholicismo ser posto á prova? Felizmente isso é verdade. Mas já houve tempos quasi semelhantes, posto que ainda inferiores em terribilidade, aos que vão correndo para a gente miuda de Inglaterra. Era quando a peste devastava as nossas cidades e ermava os nossos campos, levando-nos ás vezes mais de um terço da população. Ahi existem innumeraveis monumentos dessas epochas desastrosas: que appareça um só por onde se prove que o desalento popular buscasse conforto no vinho e aguardente. Pois, cá, o remedio não era caro! O que achâmos são as preces, as romarias, as procissões, as lagrymas, os votos, o sentimento exaltado da confiança e da resignação na Providencia.

Achâmos a pequena differença que vae de um christão a um bruto. "E os irlandezes?"—Oh, bem sabemos que os irlandezes, catholicos como nós, na sua miseria monstruosa têm cahido, se é possivel, ainda mais fundo que os inglezes. Mas, em rigor, esses catholicos na intenção e na crença podem acaso sê-lo no culto que aviventa o espirito? Onde lhes deixou o protestantismo os seus templos, os seus sacerdotes, os seus costumes religiosos? O vulgacho irlandez é o argumento mais dolorosamente persuasivo da necessidade dessas festas, dessas alegrias, dessas fórmas materiaes do culto. Sem ellas, o catholico miseravel embrutece-se como o miseravel protestante; e o seu embrutecimento vem, por outra parte, recordar-nos de que não é possivel achar um nome, que qualifique devidamente o descaro com que o anglicanismo, inquisidor implacavel e tenaz de tres seculos, nos lança em rosto as trinta mil verdades e as sessenta mil mentiras, que, com justissimo horror, se relatam da Inquisição.

Eis o que nós podemos responder aos insulsos dicterios com que é diariamente vilipendiado o catholicismo portuguez: e não dizemos tudo; não dizemos metade. Quanto aos motejos que nos dirigem como nação pobre, pequena, fraca, isso não passa de uma covardia, que só deshonra a quem a practíca. Trabalhemos por levantar-nos da nossa decadencia. Será essa a mais triumphante resposta.

E com estas deambulações de patriotismo religioso saltámos a pés junctos pela historia do padre prior. No capitulo seguinte daremos satisfação plena ao pio e benigno leitor.

Capítulo VI: Bartholomeu da Ventosa

A quem não tem succedido nas horas de solidão, no silencio da noite em que não póde dormir, ou no pino de dia calmoso, ao atravessar o bosque cerrado e sombrio, onde só se ouve o zumbir e o ferver dos insectos; a quem não tem succedido engolfar-se n'uma vaga meditação, e, por assim dizer, tombar de pensamentos em pensamentos, presos por fio tão tenue, tão imperceptivel para a consciencia, que, depois dessa especie de devaneio, pretender remontar da ultima á primeira idéa seria baldado empenho, por falta de transições naturaes e logicas? E todavia, a alma, que, nessa situação, como que perde o sentimento da vida externa lá achou, no seu incessante cogitar, uma ponte invisivel para transpôr os abysmos que a fria, coixa e orgulhosa razão humana suppõe existirem, quasi a cada passada, no mundo da intelligencia. Quando o espirito se desata dos corpos; quando a imaginação, depurando o senso intimo, o faz repellir a materia, fechando-se, como a mimosa pudica, á acção grosseira dos sentidos externos, o homem alevanta-se até o viver de além da morte, a luz dos anjos allumia-lhe as profundezas mais obscuras do universo ideal, e elle sabe quaes os caminhos e valles que unem as suas cumiadas brilhantes, unicos pontos que se podem enxergar da terra. O primeiro que disse *"em tudo está tudo"* teve uma destas revelações da imaginação pura, revelação completa do ideal, que não é mais do que a fusão da variedade absoluta e infinita na infinita e absoluta unidade.

Mas estes momentos, em que somos illuminados pelo sol da vida celestial, passam rapidos: o espirito cahe logo dentro dos limites da sua existencia de provança e desterro, e recordando-se confusamente daquellas inspirações passageiras, sorri-se e chama-lhes sonhos, abusões, desvarios. É que a pobre e suberba razão, myope advogada do lodo e do crepusculo, rejeita com horror as cogitações puras e luminosas, que Deus faculta ás vezes ao miseravel ente, creado quasi anjo por elle, e a quem o primeiro raciocinio que se fez na terra converteu em insensato e precíto.

E a que vem estas metaphysicas aqui? De que utilidade são ellas para a historia do parocho da aldeia, e da festa do orago, ha tanto tempo interrompida, e que até agora não tem passado de divagações por objectos sem ligação com a vida e costumes do reverendo padre prior?—"Venha o padre prior: venha a festa—-dirão alguns—e deixemo-nos dessas metaphysicas modernas, que escorregam por entre os dedos, e não passam de feixe de maravalhas ao pé daquellas grandes philosophias dos ideologos, que até um sapateiro era capaz de estudar batendo a sola e apertando o ponto; philosophia de pão pão, queijo queijo; philosophia substancial; philosophia d'ouvir, vêr, cheirar, gostar, e apalpar, roliça, atoucinhada, confortativa. Se era necessario algum troço da sciencia do *atqui* e *ergo* para atar estes capitulos ou capituladas da chronica aldeian, porque não recorrer ao clarissimo Condillac, ao bis-clarissimo Tracy? Para que parafusar em entes de razão impalpaveis, em armadilhas que trescalam ás parvoices germanicas, quando estava ahi á mão a philosophia do senso commum, que é o senso patagão e russo, tupinamba e sueco, chim e dinamarquez, emfim o senso de todo o mundo?"

Ai, leitor, que ahi bate o ponto! Quem me dera isso! Quem me dera poder explicar por um capitulo tantos, paragrapho tantos, daquelle sancto homem de Locke, o que me succedeu ao escrever esta famosa historia, e lançar na balança da tua inflexivel justiça uma desculpa de obra grossa dos meus rodeios, desvios e viravoltas na ordem e disposição destes importantes estudos! Por mais que scismasse, por mais que afferisse pelos bons principios ideologicos o meu trabalho, sabia-me tudo torto: era querer levantar uma bóla com um gancho, ou firmar a taboa-rasa do philosopho inglez sobre uma das pontas de um dilemma. Como ageitar a minha narração deambulatoria pelas regras do methodo? Impossivel, impossibilissimo! Fiz então como Constantino Magno. Não achando escapula nem esperança na religião da materia em que me crearam, fugi para a religião dos espiritos, e por uma theoria de abstracção *subjectiva* expliquei, como Deus me ajudou, as minhas, aliás inexplicaveis, divagações. Encostado a ella como a uma columna de basalto (de basalto, porque as de marmore e de bronze estão muito safadas do uso quotidiano) rir-me-hei do mais abalisado doutor, que venha perguntar-me qual é a ordem logica das minhas idéas. A resposta está no que expuz: pontes intellectuaes, invisiveis, inappreciaveis pelas regras ordinarias do methodo; pontes que unem o branco ao preto, o circular ao anguloso, o proximo ao remoto. Fecho-me nisto. A imaginação que assim o fez, é porque assim devia ser: está muito bem feito, ao menos no mundo da idealidade pura. Foi lá que eu passei de um veneravel parocho d'aldeia, portuguez velho em costumes, em linguagem, em crenças, vulto poetico e sancto, para um inglez impertigado, monosyllabico, iconoclasta, libertador de pretos alheios, escravisador de saxões e irlandezes brancos; n'uma palavra galgei de um a outro pólo da humanidade. Foi lá, que eu pude tombar, rolar, precipitar-me do catholicismo suave, consolador, festivo, ameigador dos miseraveis, despresador dos poderosos suberbos, symbolisador, no seu culto, da igualdade ante Deus, para o anglicanismo perfumado, espartilhado, casquilho, tezo, aristocratico, nevoento, dizimador, intolerante, enxotador dos mendigos, camaroteiro dos templos; pude tombar, rolar, precipitar-me do vertice brilhante, d'onde derrama a sua eterna claridade o puro espirito do christianismo, no charco onde o mergulhou e affogou a vontade de um tyranno devasso do seculo XVI, e a van presumpção de sua filha, a pura, generosa, e sábia Isabel, especie de concilio Niceno de carne e osso para o protestantismo inglez. Dou vinte annos a todos os ideologos para explicarem por outro systema a transição monstruosa e incomprehensivel, que fiz a semelhante respeito nestes gravissimos estudos. Idealisei um inglez (foi façanha!), idealisei o meu bom prior, e no mundo da razão pura lá achei que havia entre essas existencias, infinitamente oppostas, uma affinidade: qual, não sei eu dizer, porque o esqueci: e ainda que me lembrasse, não saberia exprimi-lo. Dada esta explicação aos pechosos, vamos ás promettidas duas palavras sobre a festa.

Era um dia ardente de julho, a 27, cousa certissima para o leitor, em consequencia das minhas profundas investigações chronologicas. O sol ia alto: a igreja parochial, involta no manto tricolor—branco, amarello, e vermelho—cal, ochre, rôxo-terra—-parecia rir no seu jubilo. Um moço do Bartholomeu da Ventosa, rapazote de quinze annos, quatro mezes, vinte quatro dias, e vinte tres horas e tres quartos completos (por ter nascido a uma segunda-feira, á meia noite menos um quarto, de dous para tres de março) neste grande dia do orago pilhára ao moleiro duas graças a um tempo, a de deixar em descanço o seu tonel das Danaides, a implacavel joeira, e a de poder assistir á festa e ouvir a missa cantada e o sermão, em vez de ir acabar o pesado somno da madrugada á missa das almas. Gabriel, que assim se chamava o rapaz, ou antes*Graviel*, segundo a mais euphonica pronuncia saloia, vestiu logo pela manhan as suas calças e jaqueta de bombazina em folha, e o seu colete vermelho, engenhado de um do patrão a trôco de dous mezes de soldada, calçou as botifarras novas, e enterrou o barrete azul e encarnado na cabeça, derrubando-o para traz, e sem fazer caso do almoço (pois era uma açorda que os anjos a comeriam) desandou, outeiro abaixo, pela volta das sete e trinta e cinco minutos da manhan, caminho da parochia. Via-se que um grande negocio lhe occupava o espirito, por isso que levava os olhos cravados no campanario, e sem fazer caso das trilhas, cortava por entre as restevas, escorregando, aqui, nas pedras soltas, levando-as, acolá, diante dos bicos agudos das botifarras. Chegou. O sacristão, que estava á porta da igreja, apenas o lobrigou poz-se a rir, porque logo entendeu o verso. Gabriel era um dos maiores pimpões em repicar sinos que havia entre a rapaziada do logar, mas desde que entrára para casa do tio Bartholomeu, nunca mais puzera pés no campanario. Nos meneios, no gesto, no olhar lhe revia a sêde, a ancia, a saudade das harmonias risonhas, doudas, estrugidoras de um repique desenganado. Vinha tão cégo, que só viu João Nepomuceno (assim se chamava o sacristão) quando deu de rosto com elle. Estacou embatucado; tirou o barrete, e começou a coçar a região occipital, olhando de revez para o sacristão, que se encostára á hombreira, com as mãos cruzadas atraz das costas, assobiando o *Veni Creator*.

"É-lé Graviel!—disse este por fim com um sorriso.—Você hoje campou. O patrão é festeiro; fica o moinho a dormir! Heim? Galdére; não é assim? Mas, cos dianhos! não sei como não vieste cá dormir. Bota os olhos acolá para o arraial. Vês? Duas bolaxeiras, e a tia Sezila com queijadas; e disse. Ainda nem sequer o Chico appareceu para começar o repique. Pois para isso não é cedo, que a missa da festa é ás dez em ponto. Já o padre Chaparro e frei José dos Prazeres estão na sancrestia, e dizem que não tarda ahi frei Narciso, que vem servir de mestre de ceremonias."

"Oh sô João de Permecena!—acudiu o saloio, que tornára, ao ouvir o nome do Chico, a enterrar o barrete na cabeça, mas desta vez á banda—com a sua licença, ha-me de perdoar: não sei o que fez em chamar n'um dia destes aquelle jimento do Chico para tocar os sinos. Aquillo!? Ora, deixa-me rir. Ha-de-a fazer bonita; não tem duvida? Olhe, sempre lhe digo..."

"Não digas nada: bem sei. Mas que dianho querias tu com uma cravella de doze que dá a menza da irmandade, e nicles? Mesmo o Chicho, deu-me agua pela barba para o resolver. Se aquillo são uns dianhos d'uns fonas!"

"Pois se vocemecê quer—interrompeu Gabriel, em cujos olhos se accendia o desejo, o deleite, e a esperança—eu lá vou. Hoje o patrão deu-me licença até ás trindades. Salto na torre, e vae tudo raso. Toco até aquella cantiga de Lisboa, que dizem que canta um tal Catragena em S. Calros: ... totro, trão-balão, re-pim, piri-pim-pão."

Enthusiasmado, o moço do moleiro cantarolava, imitando os sons de um sino, ou antes de um tacho, a musica horrendamente aleijada, esfarrapada, assassinada do dueto de Assur e Semiramis: *La sorte piu fiera*. Se Rossini alli chegasse de subito, ou não a conhecia, ou enganava-se. O sacristão estava enlevado.

"Homem!—disse elle quando Gabriel parou—bom era isso: mas o Chico está ajustado; e já agora......"

"É que o Chico é o seu padagoz: ha-me de dar licença que lho diga, senhor João de Permecena!—interrompeu o moço do moleiro, vendo apagar-se a luz que lhe illuminára o espirito.—Pois eu tocava ahi a desbancar ainda por menos: bastava que me pagasse um arratel de bolaxas e dous berimbáus."

"Eu cá não tenho padagozes, homem! Cos dianhos!—replicou o sacristão.—Se elle não estiver aqui ás oito, dou-te a chave da torre, e são hoje teus os sinos. Quando quizeres terás as bolaxas e os berimbáus."

A proposta de Gabriel penetrára como um balsamo suave na alma do sacristão: fazia a despeza com seis e meio, e economisava o resto para a igreja, isto é, para si, como representante della.

Gabriel saltou acima do parapeito do adro e poz-se a olhar para o lado onde morava o Chico. Batia-lhe o coração com força. Ás oito horas devia nascer para elle um dia de gloria e contentamento, ou de desdouro e zanguinha. Deram as oito.—"Viva!—bradou, saltando ao terreiro, e correndo ao sacristão.—Venha!—proseguiu, lançando mão da chave da torre com tal violencia, que João Nepomuceno por um triz não foi a terra. Ia-lhe quebrando um dedo.

"Dianho!... Safa, alimaria! Forte doido!... Oh Graviel! Ouve cá, Graviel! Olha que está passada a corda da garrida..."

Qual Gabriel, nem meio Gabriel! Tinha desapparecido, semelhante a um foguete. O sacristão levantou os olhos para o campanario e viu já as cordas a bambearem e a desembaraçarem-se, como as tranças da nobre dama nas mãos subtis de aia geitosa. Gabriel era, sem a menor sombra de duvida, a flor e nata da rapaziada curiosa da aldeia.

Uma pancada retumbante e sonora no sino grande, a qual se repetiu lentamente algumas vezes, foi como um mensageiro, despedido por montes e valles, a annunciar um dia de repouso e folgares para o homem do campo, curvado sob o sol ardente nas ceifas e mais trabalhos ruraes do estio, durante os longos dias de trabalho. Era como o romper de uma vasta symphonia. Gradualmente os outros sinos misturaram as suas vozes argentinas com a do primeiro, e a atmosphera esplendida vibrou ondeando em tempestade de notas que se cruzavam, cortavam, interrompiam, luctavam em barbara harmonia. A principio Gabriel, pausado e lento, lançava successivamente uma ou outra mão a esta ou áquella corda: pouco a pouco os seus movimentos tornaram-se mais rapidos, e os sons que transudavam por todas as aberturas, pelos minimos poros da torre, começavam a assemelhar-se ao granizo do noroeste, que de instante a instante se torna mais espesso, ao passo que a nuvem corre mais perpendicular. Era, por fim, um remoinho, um delirio, uma furia sonorosa. Gabriel estava tomado de campanomania; mãos, pés, dentes, tudo repicava. Ennovelado, como um gatinho que quer agarrar e ao mesmo tempo repellir um dixe que colheu ás unhas, o bom do rapaz, com os olhos faiscantes e desvairados, parecia possesso: trepava, bracejava, careteava, tropeava, agachava-se, torcia-se, pulava, volteava, como se estivesse recebendo por todos os lados e a cada instante descargas electricas. Insensivel á matinada infernal, que lhe estrepitava nos ouvidos, Gabriel dirigia palavras de amor, d'ameaça, de incitamento aos sinos, como se elles podessem ouvi-lo. Queria communicar-lhes o seu ardor e enthusiasmo de dilettante; e como se o entendessem, dir-se-hia que, no contínuo vaivem, elles oscillavam tremulos de prazer, e tentavam desprender da pedra os braços robustos e voarem, como as aves que tambem soltavam livremente as suas harmonias pela amplidão dos ceus.

No fim de duas horas de lida a natureza recuperou os seus direitos. Alagado em suor, perdido o alento, esgotados os brios e as forças, Gabriel affrouxára pouco e pouco. A estrepitosa e horrenda caricatura do duetto de Semiramis fôra o canto do cysne. A viveza doudejante do repique converteu-se n'um tocar lento e solemne, que ora imitava o dobre de finados, ora os tres signaes melancholicos que indicam o fim do dia que expira.

Tambem era tempo. No seu banco parte dos festeiros, cubertos de fitas e medalhas, esperavam já impacientes que o prior, o padre Chaparro, e frei José dos Prazeres saissem da sacristia para começar a missa. No coreto as rebecas chiavam cada vez com odio mais figadal entre si, ao passo que os *virtuosos* faziam todas as diligencias possiveis para as pôr de accordo comsigo mesmas e com os outros instrumentos. A gente, não só da aldeia, mas tambem dos casaes e logares vizinhos, affluindo de contínuo, enchia a igreja, e o apertão, que ía a maior, principiava a avariar os chapeus, os schalls e os vestidos das aldeans mais opulentas, que tinham obtido transfigurar-se horrendamente com os trajos das peralvilhas da capital, os quaes harmonisavam tão bem com aquelles corpos mal acepilhados e robustos, com aquelles rostos morenos e rosados, como os instrumentos da revoltosa orchestra se afinavam entre si.

Era um escandalo, profundo escandalo, para as beatas da freguezia, para as almas repassadas de patriotismo saloio vêr as novidades de vestuarios, que as corruptoras influencias de Lisboa íam exercendo nos antigos costumes, viciados por essas escusadas louçainhas. A honestidade das raparigas, entendiam aquellas matronas de virtude tão solida como as suas sapatas, tinha ido por ares e ventos involta nos farrapos das humilhadas saias de baeta vermelha, das abandonadas roupinhns de panno azul, e das pyramidaes carapuças. A devassidão, embrulhada nos vestidos de chita, de lan e de seda, e mettida entre o forro dos chapeus de palha, penetrára no seio das familias. Tudo estava perdido, e a moral ía cada vez a peior, diziam ellas com a philosophia macissa que o judicioso Horacio já gastava ha dous mil annos, e que é a mentira mais trivial, mais velha e mais tola que se conhece no mundo. Nas suas reflexões piedosas as respeitaveis decanas da aldeia esqueciam, ou antes ignoravam, o unico motivo serio que havia para lamentar aquella transformação. Era que esses trajos tornavam contrafeitas as raparigas aldeians; matavam a poesia campestre; associavam ao idyllio a walsa e o whist, e como que impregnavam a atmosphera, pura, brilhante e livre, dos miasmas repugnantes que povoam o ambiente pesado e abafadiço de tertulia cortesan.

Mas, antes de proseguirmos nesta gravissima historia, é necessario que trepemos áquella encosta que fica defronte do presbyterio, e que vejamos o que é feito de um nosso conhecimento antigo, roda indispensavel para o andamento da machina de successos que vamos tecendo. Quem não vê que falâmos do nosso jovial e praguejador Bartholomeu, sancto velho, se não fosse um desalmadissimo avaro? O moleiro, desde que o filho casára, andava-lhe tudo á medida dos seus desejos. Era ganhar dinheiro como milho, e o futuro da familia dos Ventosas surgia brilhante no horisonte. O Manuel estava de feito aposentado na azenha do Ignacio Codeço, e com uma labutação de por ahi além. As peças do padre prior tinham feito o milagre sonhado por Bartholomeu, e ainda haviam sobejado algumas, que o honradissimo moleiro associára ás do seu mealheiro para arranjar o casal dos Caniços, de cuja venda já lhe dera palavra seu irmão Barnabé, a quem elle, havia dous mezes, não deixava de dôr d'ilharga para que lhe tornasse as suas vinte moedas, que lhe eram indispensaveis, dizia o matreiro saloio, para pagar uma divida contrahida com um usurario de Lisboa por causa do casamento do seu Manuel, que se víra obrigado a arrumar. E como Barnabé, que tambem era saloio e manhoso, lhe objectasse que só vendendo o casal dos Caniços lh'as poderia pagar de prompto, e que era uma de seiscentos achar comprador que désse o que elle valia, Bartholomeu, acceso em amor fraterno, lhe declarou que o maldicto usurario dera a entender, que, se elle Bartholomeu tivesse umas terras que lhe empenhasse, esperaria pelo dinheiro com quaesquer cinco por cento ao mez; que por isso, vendo-se naquelles apertos e afflicções, faria o sacrificio de lhe tomar o casal pelas vinte moedas e mais o que fosse justo, que iria pedir ao mesmo usurario; porque—accrescentava elle, quasi chorando—vão-se os anneis e fiquem os dedos. Que ficaria arrasado, e a bem dizer a pedir esmola; porque, como elle Barnabé lhe affirmava todas as vezes que lhe ía pedir o seu dinheiro, as excommungadas das terras apenas davam para o fabrico. Emfim, tão despejadas mentiras pregou ao irmão, tanto o atenazou, taes artes teve de lhe converter as sétas em grelhas, que as bichas pegaram, e Barnabé deu o sim, a risco de estourar os ossos á tia Vicencia, sua respeitavel consorte, á minima pegadilha, ou de rebentar de paixão como um satanaz alguma noite na cama, se não desabafasse daquella grande magua com uma boa massada na mulher, consolação que para um verdadeiro saloio é nas afflicções o supra-summum dos prós e precalços matrimoniaes.

A Providencia temperou as cousas deste mundo de modo que se podem symbolisar todas as felicidades delle n'uma ameixa saragoçana. Doçuras, succo, belleza externa, sim-senhor; tudo quanto quizerem: mas, no fim de contas, travo e mais travo ao pé do caroço. É o que explica, pê á pá sancta Justa, a theoria das compensações d'Azaís. Mais um caso, para mostrar as carradas de razão que Azaís tinha na sua grande cenreira a este respeito, é o que succedeu ao moleiro, no dia em que Barnabé acabou de se resolver sobre o casal dos Caniços. Tinha sido justamente no dia da festa pela manhan, que Barnabé fôra com a sua Joanna á missa das almas, e viera pelo moinho almoçar com o irmão, que não lhe mostrou a melhor cara a principio, mas que até mandou fazer uma fritada de meia quarta de linguiça e tres ovos (um botou-se fóra, porque estava gôro) quando soube ao que elle vinha. Bartholomeu não cabia em si de contente: obrigou a sobrinha a levar atados no avental obra de dous arrateis de farinha para fazer umas raivas, pondo lá o assucar e os ovos, e mandando-lhe metade dellas; e por mais que pae e filha se escusassem de acceitar o seu favor, embirrou, e não houve torcê-lo. Estava naquelle dia capaz de lhes dar de presente metade da sua fortuna, e mais era, dizia elle, um pobre de Christo. Logo que se foram, Bartholomeu deitou a correr para casa, fechou-se no seu quarto, abriu, umas após outras, as vinte gavetas de um contador, mecheu e remecheu em todas ellas, tornou a fechar, e fazendo contas de cabeça, começou a passear de um para outro lado do aposento, com as mãos cruzadas nas costas, e entregue ás suas cogitações.

Os adornos ou guarnição do quarto consistiam em um leito de casados de pau-sancto de pés torneados e cabeceira redonda, thalamo nupcial, agora enluctado pela sempre chorada morte da tia Genoveva da Ventosa, mãe de Manuel da Ventosa, e mulher que fôra do honrado Bartholomeu da Ventosa, que, para falar como os poetas, solitaria rolla (ou rollo ou rolho) naquelle ninho silencioso se encouchava triste nas longas noites de inverno, ai, outr'ora tão felizes! O contador ficava defronte, e ao lado um bofete, e sobre o bofete um oratorio forrado de damasco amarello com sanefa encarnada. Sete sanctos povoavam o larario da defuncta moleira: S. Servulo, Sancto Onofre, S. Miguel, S. Sebastião, S. Gregorio, Sancto Antonio, e S. João Baptista; este ultimo no centro e em peanha mais elevada; Sancto Antonio á sua direita, com um cordão de ouro lançado ao pescoço e dando multas voltas ao redor do corpo. Como supplemento, por cima da cabeceira da cama, uma lamina da Senhora da Conceição, e dous registos, um de Sancta Barbara, outro de Sancta Rita; no tardoz da porta uma cruz de S. Lazaro pregada com massa. Uma arca da India, com ferrolho de correr e pregaria de grandes cabeças chatas de duas pollegadas de diametro, e quatro cadeiras de costas e assentos de couro lavrado completavam a mobilia do aposento. No canto do bofete, quasi á borda, estavam cravados um cruzado-novo e um tostão falsos, memorias dolorosas de um mono que pregára certo padeiro de Lisboa ao moleiro, na compra de uns saccos de farinha, historia, que, se eu a contasse, havia de fazer arripiar o pello aos leitores mais do que as novellas de Anna Radcliffe.

"Dez centos de mil réis! Chumba-lhe!"— dizia o velho esfregando as mãos, como um botecudo esfrega dous páus de que quer tirar lume, e passeando com passos curtos e rapidos de um para outro lado.—"É isso! cem peças, sete centos e meio; quatrocentos pintos, dous centos menos oito; fazem nove centos e meio menos oito: duzentas cravellas de doze, meio cento menos dous: oito e dous dez: dez centos menos dez: oitenta de seis fazem duas moedas: duas moedas dez mil réis menos um cruzado: oito meios tostões quatro tostões: quatro tostões com ... justamente, dez centos. Ah sô Barnabé, quer setecentos? Heim? Com vinte moedas que já lá andam a juro, parece-me....! Quer ou não quer?"—"Homem, isso é muito pouco..."—"Pouco?! E doze moedas foro?"—"As terras dão bem para isso: só a Abrunhosa..."—"Pois se dão, homem, paga-me as vinte moedas. Ah, embatucas? Oh, oh, ih, ih, ih!.."

E Bartholomeu ria a bom rir daquelle dialogo que phantasiava travar como irmão. De repente, porém, as feições contrahidas pelo riso se lhe immobilisaram diante de uma idéa fatal. Barnabé podia dar com a lingua nos dentes ácerca do negocio, n'alguma noite em que fosse para a tenda do Agostinho jogar a bisca a vinho, segundo o seu costume, e sair um atravessador a picar-lhe o lanço; o Bento Rabixa, por exemplo, que tinha muito caroço, e que era um dos da tripeça da bisca. Vinham-lhe calafrios com tal pensamento. Uma palavra, uma allusão perderia, talvez, tudo. Era verdadeira agonia a sua. Costumado a implorar o céu nas grandes afflicções, Bartholomeu por uma daquellas subtilezas moraes dos avaros, que sabem conciliar a devoção com o seu vicio hediondo, ajoelhou diante do oratorio, e com lagrymas e fervorosas suplicas começou a pedir a S. João Baptista fizesse com que Barnabé não tugisse nem mugisse a similhante respeito. Nas suas orações passou-lhe, talvez, pela cabeça a idéa de um estupor na lingua de Barnabé. Desconfio: não o affirmo; porque não gósto de cousas dictas no ar. O que é certo é que procurou dar a entender ao sancto que teria duas vélas accesas e uma esmola para a sua festa, se as cousas lhe saissem a geito, exprimindo-se, todavia, por tal arte que não ficasse absolutamente preso pela palavra, e podesse roer a corda depois de se pilhar servido.

Em quanto o moleiro se debatia nestas tempestades de ambição, passava-se no presbyterio a scena que já descrevi entre João Nepomuceno e Gabriel. A principio Bartholomeu, embebido nos seus calculos, temores e rogativas, nem sequer ouvíra os repiques variados e harmonicos, com que o rapaz do moinho rompêra o seu grande e festivo concerto; mas pouco a pouco o motim dos sinos crescêra a ponto, que só os defunctos do cemiterio poderiam ficar indifferentes a tão retumbantes bellezas musicaes. Na aldeia já ninguem se entendia no meio dessa procella de sons, que, trepando pelos outeiros ao redor, e precipitando-se para os valles além, iam levar o ruido da festa e a gloria de S. Pantaleão ás povoações vizinhas. Penetrando pelos ouvidos do moleiro, aquellas vibrações desalmadas fizeram-n'o despertar do extasi de sovinaria devota que o arrebatava. Ergueu-se, chegou-se á janella, alçou a adufa, poz-se a mirar o relogio de sol do campanario, piscando os olhos e fazendo com a mão uma especie de pala para os defender da luz, e depois de se affirmar por um pedaço, deixando cahir de golpe a adufa, correu á arca, murmurando:—- "nove horas! Já mais de nove horas! Esta só por trezentos milheiros de diabos! E ainda tenho de me vestir! Com seiscentos diabos! D'aqui a nada estão lá os outros. Ora o diabo!.."

Estas imprecações em razão descendente, que o moleiro tinha sempre na bôca por um mau habito, que todas as prégações e remoques do padre prior não haviam podido fazer perder áquella lingua damnada de Bartholomeu, nasciam de uma circumstancia na verdade séria. A funcção d'igreja devia de começar ás dez horas, e elle era um dos festeiros. O padre prior tantas voltas dera que o obrigára a sê-lo, e a esportular uma moeda para as despezas. Devemos acreditar que nunca o teria alcançado, se não fosse o dote de Bernardina, sobre o que o moleiro tremia que o velho clerigo deixasse escapar alguma palavra. Elle aproveitára habilmente o caso para passar por bom pae e generoso, e ao mesmo tempo para se esquivar ao menor acto de beneficencia o resto da sua vida, affirmando que se empenhára até os olhos para comprar e reparar a azenha do Ignacio Codeço e estabelecer lá o seu rapaz, quando a verdade era que, comprada e reparada a azenha, posta a casa aos noivos, adquiridos seis machos, paga a soldada de tres mezes a dous moços, provída a dispensa, e deixadas algumas moedas para as despezas diarias, ainda um certo numero de louras do padre prior tinham ido cahir, como já disse, no escaninho onde jaziam sem ver sol nem lua aquellas que o moleiro acabava de contar. Obrigado por semelhante consideração, e á força de rogativas do parocho e das picuinhas de outros irmãos da Irmandade do Sanctissimo, que se tinham mettido no negocio, o moleiro achava-se elevado a uma situação que estava longe de ambicionar. Perdida a moeda, que elle havia de chorar toda a sua vida, importava-lhe não perder a consideração e valia na festa, que por tão alto e raivado preço comprára; era o risco que via imminente, ao menos em parte, se não estivesse a ponto de saír da sacristia para a capella-mór no prestito dos festeiros.

O dia começára bem; mas ía-se tornando aziago.

Apesar de velho, curto e barrigudo, o moleiro, não vendo nenhum outro meio de esquivar o contratempo que receiava, apressou-se o mais que pôde em se adornar com o aceio e pontualidade que requeria o acto. Do fundo da arca saíu o arsenal completo para os dias de vêr a Deus. Era respeitavel pela antiguidade! Monumentos de mais felizes epochas, os arreios esplendidos de Bartholomeu constavam de uns calções de gorgorão côr de tabaco, de um colete de veludo verde, e de uma casaca azul de abas largas e gola estreita (isto passava ha bem dezoito annos) antipoda da casaca peralvilha dos casquilhos daquelle tempo. As menudencias do trajo diplomatico do moleiro compunham-se de um chapéu armado, de um pescocinho com bofes, de umas meias de algodão brancas, e d'uns sapatos de entrada abaixo, ensebados de novo, com fivelas de prata, que batiam quasi na vira de um e outro lado. Assim vestido era um principe. Não; que lá isso é verdade; mettia respeito! Apressado, vermelho, suando com a calma, bufava como um touro encaminhando-se para a igreja. Os moços dos seus collegas, os de tres padeiros que havia no logar, e os de cinco lavradores a quem costumava comprar os trigos, passando por elle desbarretavam-se até baixo; a outra saloiada, espécada pelo arraial, fazia menção de cortezia com o barrete: dos mendigos que começavam a apinhar-se para o lado do presbyterio ao cheiro do bodo, uns, que não o conheciam por virem de longe, estendiam-lhe a mão e davam-lhe senhorias, tudo em vão; outros, que eram dos arredores, rosnavam e praguejavam-no. Mas dessas rosnaduras e pragas ria-se elle. Na auréola de gloria que o cercava já, que o ía cercar ainda maís brilhante, Bartholomeu estava tanto acima da maledicencia daquelles madraços, como os homens d'estado de qualquer partido costumam estar acima das ferretoadas, sovinadas e lambadas da imprensa periodica do partido contrario, segundo affirmam os da sua parcialidade: *vide* jornaes de todas as côres e cambiantes, *passim*. Como os politicos, o moleiro podia dizer, pondo a mão no coração—a minha consciencia—a minha honra—a opinião publica—os meus serviços—a nação—a posteridade:—e depois tossir e escarrar grosso, e seguir ávante sem se embaraçar com aquelle rosnatorio despeitoso e zangado; porque, como bem disse um poeta de philosophia ancha:

  O premio da virtude é a virtude:
O castigo do vicio o proprio vicio.
  E foi o que Bartholomeu fez: e com razão. Não eram os respeitos dos moços dos outros moleiros e dos lavradores seus freguezes, e os dos pobres que o avaliavam pelo secio dos trajos, a prova cabal e indestructivel da sua popularidade? Eram. Que caso devia, pois, fazer dos zums-zums de meia duzia de farrapilhas? Nenhum. Eu cá, pelo menos, sou de opinião que fez bem proseguindo no seu caminho, tranquillo com o testemunho de uma voz intima, que o certificava de que era um homem de importancia, e digno por todos os titulos de representar o papel de festeiro a que fôra

chamado.

Mas a nobre altivez do moleiro, e a firmeza que mostrára para não deslizar um apice do caracter grave e sobranceiro, proprio da sua situação, tinham de ser postas a mais dura prova. O momento em que chegou ao adro foi aziago. Ahi viu e ouviu cousas que o fizeram saír da gravidade e compostura que até então guardára. O que o negocio deu de si vê-lo-ha o leitor no proseguimento desta historia, que poderá ter mil defeitos, mas que (não é por me gabar) tenho levado com toda a pontualidade na chronologia e na averiguação dos mais miudos factos que possam illustra-la.

Capítulo VII: Tantaene Animis?

Quando Bartholomeu ía entrando no adro viu um taful e uma senhora, que, á porta da igreja, forcejavam para romper a pinha de povo, que a obstruia. Vistos assim pelas costas, pareciam pessoas de conta. Trajava ella um vestido de seda preta, um grande schall vermelho e um chapéu, franzido á ingleza, côr de café: elle calça e casaca preta da moda e chapéu fino, posto que já amarrotado pelos apertões da saloiada, que, fingindo quererem abrir caminho ao elegante par, cada vez se uniam mais, olhando uns para os outros com aquelle sorriso de socapa e malevolo, que é peculiar aos camponios quando colhem algum individuo, cujo porte e apparencia os humilha, para victima das suas graças e perrarias um pouco abrutadas.

O moleiro tinha nascido naquelles sitios, nunca dormíra uma noite fóra do logar, lidava com muita gente em consequencia do seu trafego, ía-lhe já a neve pela serra, e por isso conhecia perfeitamente os habitos, propensões e manhas dos seus patricios. Percebeu logo que os saloios estavam de embirração com as duas personagens cortesans, e desenganou-se de todo vendo vir do lado da igreja um dos moços do Agostinho da tenda, que, fingindo-se bebado e cambaleando, dizia:—cresça o monte, rapazes; cresça o monte!

O magnetismo animal é um mysterio ainda: a extensão das affinidades magneticas ninguem a póde demarcar. De homem para homem ellas são indubitaveis; mas, porventura, vão mais longe. Ao menos eu creio que os calções, a casaca e o chapéu armado do moleiro actuavam fortemente no seu espirito por influencia occulta. Sentia no coração uma especie de cocegas aristocraticas; uma vontade de mostrar o que podia e valia aos nobres hospedes da sua terra, que, pretendendo assistir á festa, se collocavam naturalmente debaixo da sua protecção como festeiro. Era esta

114

uma idéa que não lhe viria á cabeça quando trajava os seus calções enfarinhados, o seu colete assertoado e a sua jaqueta de saragoça. Mas veio-lhe então, mysteriosa, irreflectida, forçosa, posto que sem quebra da liberdade de a rejeitar, semelhante, se a comparação fosse licita, á graça efficaz. Approximou-se, pois, abrindo passagem por entre a turbamulta. O primeiro individuo com quem topou em cheio foi com Gabriel, que, tendo saído do campanario, tractava tambem de penetrar na igreja para ajustar contas com o sacristão logo que se lhe offerecesse ensejo. Para aproveitar o tempo, Gabriel, informado do que se passava, ía ajudando a augmentar o apertão, que crescia cada vez mais, de modo que a dama do schall e o dandy de preto, entalados juncto do guardavento, nem podiam recuar nem surdir ávante. Apesar, porém, da pequenez do seu corpo, Gabriel parecia ter de olho as duas victimas, como receioso de que voltando a cabeça o lobrigassem. Careteava, ria, empurrava com alma; mas, de instante a instante, punha-se nos bicos dos pés, espreitava por cima dos hombros e por entre as cabeças dos vizinhos, agachava-se ao menor movimento que via fazer aos dous, tornava a empurrar, e nesta lida o garoto renovava, incansavel em novo combate, as façanhas que, havia pouco, practicára no sempre memorando repique.

"Mariola!—rosnou colerico o moleiro por entre os dentes cerrados, ao chegar ao apertão e agarrando de subito as orelhas de Gabriel, que, com uma cara onde assomava o chôro, encolhia a cabeça entre os hombros, mal comparado, como um caracol quando lhe puxam os tentaculos. Não tanto pela voz, como pelo contacto das mãos, assaz conhecidas daquellas pobres orelhas, Gabriel sentíra o patrão. Era, todavia, já tarde.

"Mariola!"—repetiu Bartholomeu com o mesmo grito mal sopeado de colera. E ouviu-se o tinir duvidoso de uma fivela acompanhado de um som baço, como quem dissera o do bico de um sapato grosso batendo sobre uma pouca de bombazina estofada de certa porção convexa de carne humana. Gabriel descreveu com o corpo um arco, mas no sentido inverso ao de quem faz cortezia profunda. E começou a soluçar.

"Mariola!"—accrescentou ainda outra vez o moleiro, com aquelle fatal rugido, que significava o seu profundo despeito. Ao dicto seguiu-se rapidamente o feito. Largou as orelhas do rapaz: recuou o braço, cerrou o punho, e desfechou-lhe tal murro no toutiço, que Gabriel foi ao chão.

A principio, uma certa contemplação com a idade, com o caracter, e mais que tudo com a fama de ricaço de que Bartholomeu gosava, conteve os murmurios dos poucos, a quem as diligencias communs para penetrar na igreja haviam consentido attender ao duro castigo que convertêra Gabriel n'um como bode emissario dos peccados de muitos. Quando, porém, o mesquinho rapaz cahiu em terra, a indignação dos seus co-réus rebentou. O moço do Agostinho, posto que a medo, alevantou a antiphona.

"Tambem é bater á bruta! Agora, a prove creança fez-lhe algum mal?! Vá bater assim no diabo. Olha não matasse aquelles milordens!..."

"Entre, sô doutor!—atalhou Bartholomeu, atirando umas escorralhas de pontapé, que ainda lhe titilavam nos tendões da perna direita, ao limite inferior das vertebras de Gabriel, já que não podia sem risco applica-las ao orador. Essa fôra, todavia, a sua primeira inspiração.

"Ai, é para isso que uma mãe cria um filho! Coitadinho, já não tens pae! Não fôras tu orfo e prove. Mas cal-te, bôca. A gente sempre vê coisas!"

Ouvindo estas palavras, proferidas por uma voz feminina conhecida, o velho moleiro voltou-se. Era a senhora Perpetua Rosa, que, em companhia da ama do prior, tinha chegado naquelle instante a mata-cavallo, por se havêrem ambas entretido a examinar umas meadas, que a tia Jeronyma dera a curar á lavadeira, e que esta, vindo para a festa, de caminho lhe fôra entregar. Posto que ligados até certo ponto pelo casamento de seus filhos, a mutua má vontade da lavadeira e do moleiro, alimentada por largo tempo, tinha sido como o escalracho: cada anno profundara mais um palmo de raizes. Só havia uma differença, e era que Perpetua Rosa, protegida pelo genro, perdêra pouco a pouco o medo que tomára a Bartholomeu desde aquella historia das saccas, e já se engrifava para elle sem cerimonia. Encontrando-se ás vezes na azenha, nem uma só deixavam de se travar de razões por qualquer palha podre. De resto, tractavam-se com apparente cordialidade. Era como a alliança e sympathia actual entre a França e a Inglaterra.

"Pois não, sua lambisgoia!"—acudiu o moleiro fazendo-se vermelho.—"Acha você muito bonito que meia duzia de patifes estejam judiando com as pessoas que querem entrar na igreja? Com um quarteirão de diabos! Quem dá o pão dá o ensino; e este, pelo menos, hei-de eu ensina-lo!... Rosna p'ra ahi, pedaço de bruxa velha:"—accrescentou elle, vendo que Perpetua Rosa continuava a resmonear, já com acompanhamento de—"tem razão, tia Perpetua!" —"olha o maluco!"—"se queres vêr o villão mette-lhe a vara na mão!"—"é agora o senhor assaluto!"—Era uma tempestade eminente: era a revolta eterna do pobre contra o abastado, que resfolga pelo minimo respiradouro. E o sussurro crescia, e Bartholomeu, suffocado pela raiva, batia o pé, e debalde tentava cuspir por cima daquella quasi algazarra as pragas, as injurias, as ameaças, que lhe faziam maior entupimento na garganta do que pão de cevada faria em goellas de peralvilho dengoso. Vingava-se, é verdade, em servir de couces e cachações o misero Gabriel, que se lhe reboleava aos pés; mas isto não era mais que botar lenha ao forno, e augmentar cada vez mais o tumulto. A hirta mó de saloios ao pé do guardavento tornava-se mais flexivel, ondeava, alargava-se, dissolvia-se, e vinha agglomerar-se de novo em volta de Bartholomeu, curiosos de indagarem o motivo daquella assuada. Falavam todos a um tempo; já no meio do borborinho ninguem se entendia; e, apesar da colera e da sua habitual firmeza, o moleiro começava a titubear.

Na furia em que estava incendido contra Perpetua Rosa, contra a ama do prior, que tambem tinha desembainhado a lingua em defesa de Gabriel, e contra outras duas velhas do logar, que ajudavam a atenaza-lo, Bartholomeu não reparou que o taful, por cuja causa se mettêra naquella nora, forcejava por chegar ao pé delle. Por fim, foi a propria Perpetua Rosa que o fez attentar por isso.

"Venha, Manuel, venha cá: olhe a figura que está fazendo seu pae. Forte toirão! Abrenuncio!"

A isto o moleiro alçou os olhos para aquella parte, e viu... Quem havia elle de vêr? O seu Manuel, que, com effeito, rompia por entre a turba approximando-se, seguido de Bernardina, que lá de longe fazia esgares e visagens á senhora Perpetua Rosa e á tia Jeronyma para que se calassem. Os dous tafues, os dous *milordens*, os dous fidalgos, por quem Bartholomeu affrontava as iras populares, eram nem mais nem menos que seu filho e sua nora. Ficou parvo. O luxo dos noivos fez-lhe esquecer Gabriel, as velhas, as injurias, tudo. Como o corpo electrisado pelo contacto da resina, que é repellido chegando-o de novo a ella, e desembésta para o vidro se lh'o approximam, a sanhuda indignação do moleiro nordesteou para as novas victimas. Cingiu involuntariamente as algibeiras com as mãos; porque cada uma dellas se lhe figurou convertida n'um repuxo de cruzados novos, que, descrevendo uma curva parabolica, íam cahir nos balcões dos arruamentos de Lisboa. Depois, fincando os punhos cerrados nos vazios, e meneando a cabeça de um para o outro lado, poder-se-hia comparar ao oceano nos momentos que precedem a tempestade, quando as vagas, profundamente revoltas, ainda se não encrespam em carneiradas, mas banzam como somnolentas e espertando-se para o combate.

Passa a França pela terra classica da galanteria: parece que o bello-sexo tem alli o seu throno. Nesse ponto cedem a palma aos francezes os outros povos. Dizem-no todos; mas eu digo que não. Vence-os esta namorada terra de Portugal. Os nossos affectos serão menos ruidosos, menos rendidos; são, porém, mais ardentes e duradouros. Se as phrases d'uma lingua podem muitas vezes servir para revelar o caracter, os costumes e até a historia da nação que a fala, a nossa lingua e a franceza nos offerecem argumento da existencia dessa superioridade do coração, pela qual eu ponho, não digo a cabeça, mas quasi. E senão, respondam-me. Que incendio seria maior; aquelle que precisasse de um anno para amortecer e extinguir-se, ou o que durasse apenas um mez?

Indubitavelmente o primeiro. Bellamente. Venhamos agora á hypothese. O matrimonio é de sua natureza resfriativo: a paixão mais violenta acalma, entibia-se, entisica, e morre com o tracto domestico; e feliz se póde chamar a união em que a amizade e a estima vem substituir os sonhos e os delirios de um amor já saciado. Ha, todavia, um periodo em que, apesar de satisfeito, elle resiste ainda: é durante o lento desabar das illusões, que vão cahindo peça a peça. Nesse periodo ainda aos casados cabe o nome poetico de amantes: depois é que se chamam a cousa mais prosaica e positiva que se conhece no mundo; chamam-se marido e mulher. Esta epocha transitoria tem a sua formula diversa segundo as diversas linguas. Exprime-a em francez a phrase *lua de mel*: o portuguez diz *anno de noivos*. É claro que em Portugal resiste o amor ao matrimonio doze vezes mais que em França. Lá um mez; cá um anno. Fiquem as raparigas de aviso: nada de amores com estrangeiros. Se em França n'um mez colhem todo o fructo da victoria, que será por essas terras de Christo mais geladas e nevoentas? Eu, por mim, façam lá o que quizerem. Lavo d'ahi minhas mãos.

Bernardina, essa é que a dera em cheio casando com o Manuel da Ventosa. Aos quatro mezes de noivo era ainda um baboso por ella. No principio de julho ajustára contas com os freguezes da azenha, e recebêra algumas moedas: a festa da aldeia estava proxima:

Bernardina morria por tafularia; o moço moleiro tambem não lhe era avesso. Tinham o vicio instinctivo da gente moça, vicio legitimo, se em vicios se póde dar legitimidade. Duas forças arrastavam, pois, o pobre Manuel da Ventosa: o amor, e a propria inclinação. D. Thomazia, irman do mestre eschola da aldeia (se Deus me der vida e saude, ainda talvez um dia conte a historia do digno professor) vivêra na côrte muitos annos com o sabio mano. Nisto de modas falava que nem um livro. Quando ía por acaso a Lisboa, nunca deixava de visitar duas ou tres modistas suas conhecidas, de maneira que, por assim dizer, andava sempre ao par da sciencia. Foi n'um aposento interior, no sancta sanctorum da residencia magistral, que se traçou, discutiu, e resolveu a conspiração, que devia baralhar os calculos de Bartholomeu sobre as maquias da azenha naquelle semestre. Seis moedas foram ali barbaramente espatifadas. Foi um orçamento perfeito: talhou-se por cima da risca do necessario, e gastou-se: gastou-se d'ahi a poucos dias até o ultimo real, já se sabe, com severissimas economias, ficando-se devendo apenas uns tres mil e seiscentos a D. Margarida, famosa modista daquelle tempo. A campanha fez-se do modo seguinte: Manuel da Ventosa acompanhou D. Thomazia a Lisboa, para umas compras de certos arranjos domesticos, de que ella dizia muito carecer. Os arranjos eram os da fatal conspiração contra o velho Bartholomeu. Os trances d'esperança e de receio do bom ou mau desempenho de D. Thomazia, por que passou Bernardina em quanto os dous não voltaram, não cabe no possivel narra-los. Apesar d'isso, a elegancia com que se imaginava trajada e o seu homem, namorava-a de si mesma, e dobradamente delle. Chegava a ter ciumes das olhaduras que deitariam ao Manuel as outras raparigas, sem que por isso deixasse de admittir com certa complacencia innocente a idéa do quanto a haviam de achar attractiva os rapazes da aldeia. Emfim, é aqui o caso de dizer com o poeta, ácerca do que se passava no coração da moleira,

"Melhor é exp'rimenta-lo que julga-lo;Mas julgue-o quem não póde exp'rimenta-lo."

Voltaram os dous ás trindades. O escholar valído do mestre, que aviava os recados de casa, tinha-os acompanhado. N'um grande sacco de damasco amarello, herdado por D. Thomazia de sua avó materna, e em duas grandes caixas de papelão trazia o rapaz os almejados adornos. Quem diria que o monumental sacco era a boceta de Pandora!? Pois era. Bernardina saltou de contente ao desenfardelar aquella feira: estava vestida á moda dos pés até á cabeça, posto que o seu Manuel houvesse cortado para si uma posta de leão. Digo isto, porque, apesar de toda a farandulagem feminina, que a boa da irmã do professor escolhêra com fino tacto, quatro moedas tinham ficado no Adrião, n'um chapelleiro do Rocio e n'um sapateiro ahi proximo, não me lembra em que rua, porque isto já la vae ha muito tempo, e a historia está sujeita a estas deploraveis lacunas. O caso é que elle pela sua parte, envergada aquella fatiota, poderia sem grande favor passar por um fidalgo de provincia chegado de tres dias á côrte. Fugia-lhe tudo um és não és do corpo, e tolhia-o, é verdade; mas ficava um mocetão teso; um milordem, como dizia o moço do Agostinho da tenda.

Segredo, segredo profundissimo (semelhante ao da nossa tão celebre conspiração de 1640 contra os castelhanos, da qual só talvez sabia o primeiro ministro de Castella) se guardou na azenha, *olim* de Ignacio Codeço, ácerca de todas aquellas tafularias. Quantas vezes não se vestiram a casaca e o vestido de seda! Quantas se não pozeram o chapéu de castor e o franzido! Que viravoltas se não deram, que visagens se não fizeram diante de um espelho de espinheiro com suas cortinas de panninho, que adornava a casa de fóra sobre uma commoda de vinhatico oleado, cujas puxadeiras de metal amarello luziam que nem ouro! Que disputas não houve sobre o abotoar e o desabotoar, o atacar e o desatacar, o pôr o chapéu assim, e o pôr o chapéu assado! E D. Thomazia, que presidia áquellas conclusões, da alteza da sciencia punha termo á questão com o seu parecer decisivo, magistral, oracular. No grande dia da festa a vaidade daquellas duas creançolas, satisfeita com a admiração popular, não valeria, não podia valer, o deleite que a antevista gloria desse dia lhes dava em imaginação. Ai, assim são todas as ambições e esperanças humanas! O goso é sempre o desengano mais ou menos ensosso das fascinações do desejo.

Mas havia uma nuvem negra que entenebrecia o brilho de tão completa felicidade. Era a lembrança do genio de Bartholomeu. Ás vezes, no meio dos mais festivos commentarios sobre a grande vista que haviam de fazer com as inopinadas secias, a figura do moleiro surgia terrivel, enrugada a testa pela severidade, os olhos-ervilhacas faiscantes de colera, a bôca borbulhando pragas. Bartholomeu cortava com o seu vulto ameaçador aquella linda pagina dos sonhos da vida, bem como o pingo de amarellado simonte (perdoe-se o enxovalhado do simile em favor da exacção) que, rolando insensivel pelo estendido beiço do velho sapateiro, vae cahir sobre o Carlos Magno, aberto em cima dos joelhos, e espalmando-se arredondado sobre as linhas mais interessantes do livro immortal, embacia e mata as chispas de Altaclara no momento em que ella rompe o arnez de Ferrabraz. E o mestre pára, e assoa-se; mas a interrupção fatal desvanece as illusões dos officiaes ouvintes, e descerrando-lhes os dentes, lhes quebra os brios com que puxavam a encerolada linha, ou cravavam os pinos no alteroso tacão.

Uma idéa, todavia, asserenava logo a alma de Manuel da Ventosa: o furacão paterno estava certo; mas devia ser passageiro. Elle não havia de pôr-se a ralhar nenhuns vinte annos. Era um dia ou dous; e aquellas louçainhas ficavam para toda a vida. E esta dilatava-se-lhe por horisontes tão illimitados! O bom do rapaz ainda não dobrara o melancholico padrão dos trinta annos, d'onde só se começa a medir bem com os olhos o curto caminho de ferro entre o berço e a cova, pelo qual vae correndo esta especie de locomotiva chamada existencia humana.

Aqui tem, pois, o leitor que gostar da historia lardeada de todas as investigações, exhibições e minudencias gravissimas, de que ella se costuma temperar, com tanto juizo e talento, nesta nossa terra, as causas e items mais remotos e reconditos da difficultosa situação em que achamos Bartholomeu á vista da descommunal tafularia do filho e da nora, cuja defesa tomára sem os conhecer, como verdadeiro paladino, e que dava de todo o coração ao demo desde que víra assim arder sem remedio o seu remedio, como diriam o elegante auctor dos Cristaes da Alma, ou os poetas da Phenix-renascida.

Banzou por alguns momentos o velho. A transição era demasiado violenta e rapida, e a revolução que se operava na sua alma vinha gravida de uma apoplexia. Indicavam-no as veias da fronte que engrossavam, a vermelhidão do rosto que ía tirando a rôxo. Semelhante ao hesitar da grimpa no topo do campanario, quando em trovoada eminente luctam dous ventos contrarios, Bartholomeu não sabia se repellisse as insolencias de Perpetua Rosa, que tivera a ousadia de chamar-lhe toirão, se descarregasse a colera que o asphyxiava sobre os dous barbaros delapidadores da quasi sua fazenda; quasi sua, digo, porque o moleiro bem sabia que a azenha comprada com o dote de Bernardina era em rigor delles, e por consequencia delles o seu rendimento, que por paternal precaução se encarregára de administrar e poupar.

Mas a avareza, superior ao orgulho no animo do velho, fez

desembéstar para o lado dos noivos o vento da colera. Abandonando o arranhado e moído Gabriel, rompeu para os novos criminosos, que assim de subito ousavam apresentar-se no seu inexoravel tribunal. Andando, as mãos contrahiam-se-lhe por espasmo nervoso, como as garras aduncas do girifalte, e ao chegar ao pé delles lançou uma á gola da casaca do Manuel e outra ao braço de Bernardina. Eram duas tenazes de ferro.

"Que patifaria é esta, sô tratante?—disse, dirigindo-se ao filho em voz baixa, rouca, e de vez em quando apipiada pela indignação que lh'a tolhia.—Você não sabe que o dinheiro custa a ganhar? Para que é essa trapagem toda? Com quê já a sua jaqueta azul tem bichos? E cá a grandessissima tola não podia passar sem sedas! Não se lembra do tempo em que andava de sapatas atrás das vaccas da Josefa Enguia? Diga, senhora mosca morta?... Olha a sonsa, que parece não quebra um prato! Anda-se um homem a matar para lhes fazer casa, e vocemecês, senhores badamecos, a botar o suor da gente pela porta fóra. E eu sem saber nada d'isto! Com trezentas carradas de diabos! Pena tenho eu que essa mariolada os não pozesse n'um frangalho. Não têm vergonha de se fazerem alvo do povo, e de se arruinarem e arruinarem-me a mim, que toda a vida tenho labutado para viver com a minha cara descoberta?... Oh desalmado—proseguiu depois de um instante de silencio—que contas me has-de tu dar do dinheiro que extravaganciaste, e que é preciso para me acabar de desempenhar da compra da azenha?..."

Neste momento o discurso de Bartholomeu, que se ía encaminhando ao pathetico, foi interrompido por um rir esganiçado e tremulo, que lhe chiou ao pé dos ouvidos. Era o caso, que Perpetua Rosa o seguíra sem que elle reparasse em tal, e se pozera attentamente a escuta-lo. A ultima phrase que a boa da velha ouvíra tinha produzido nella tão subita alacridade.

"E ri-se você, sua atrevida?!"—exclamou o moleiro voltando-se para Perpetua Rosa.—"É natural que fosse intrépece nesta alhada..."

"Pois vocecê nan quer que eu ria a arrebentar ouvindo-lhe essas lérias da compra da azenha? Calo-me eu, bem sei porque. Mas sempre lhe digo, que está paga e repaga. Meu dinheiro, teu dinheiro!... Entende-me, senhor Bertolameu! Minha filha não veio descalça..."

"Oh diabo de bruxa!—exclamou o moleiro fóra de si.—Dão-me inguinações de t'esganar! Olha a piolhosa, a estraga albardas, que me deu cabo de seis saccas, as melhores que eu tinha, por desmazelada..."

"Já lh'o disse, seu mirra-mofina, seu manita de carneiro assado, seu sovina-mór! Não me faça falar. Olhe que eu não tenho papas na lingua..."

"Um estupor tivesses tu nella, que te pozesse a bôca á banda, aldrabista de centopeia, basculho de chaminé, carraça do inferno! Falta agora que a senhora diga que a lesma da filha trouxe para o casal mundos e fundos!"

"Antão, como meche nessa borbulha,—acudiu Perpetua Rosa, agarrando o moleiro por uma das largas abas da veneranda casaca, e sacudindo-o com força,—é preciso que não faça da gente tola. Assim o quiz, assim o tenha. Saibam vocecês—isto dizia-o voltando-se para cinco ou seis velhas, que faziam roda e segredavam umas com outras.—Saibam vocecês que o senhor Bertolameu da Ventosa recebeu mais de cinco centos de mil réizes de dote..."

"Eu deito-me a perder com este diabo!—interrompeu o moleiro fazendo-se fulo, e soltando as mãos do braço de Bernardina e da gola do seu Manuel, para as lançar ao gasnate de Perpetua Rosa. —Oh lingua perversa! Quaes quinhentos mil réizes?!..."

"Os que meu amo tinha ajunctado grão a grão, como se lá diz, á custa do suor do seu rosto, com muito *gloria in incelsis* muito bem cantado, e muito enterro feito, e muitas bátegas d'agua nos ossos, e muito sermão prégado, e muito arranjo e poupança desta sua criada, senhor Bertolameu. Senhor Bertolameu, tenha perposito! que quem não diz, não ouve; que lá resa o dictado: manha do açougue, e com villão villão e meio. Foram setenta caras; salvo seja! Vi-as contar com estes olhos, que ha-de comer a terra. E quem as arrecebeu? Nanja eu. Assim compra-se muita coisa, e arrotam-se postas de pescada. Diz bem, senhora Perpetua Rosa; diz bem! Quem perdeu perdeu; mas não queiram metter os dedos pelos olhos á gente. Nunca vi creatura assim: t'arrenego!"

Este brilhante discurso, até certo ponto, e debaixo de certos aspectos, quasi parlamentar, fez volver o catavento de raiva do moleiro para a oradora, que não era ninguem menos que a tia Jeronyma, a qual abicára ao pé delle na alheta de Perpetua Rosa.

Bartholomeu andava-lhe já a cabeça á roda, e fugia-lhe o lume dos olhos. Largou os gorgomilos da sua estimavel consogra, e começou a menear os braços por tal geito, que faziam lembrar as vélas do moinho da Ventosa. Os olhos saíam-lhe das orbitas, e a escuma dos cantos da bôca: quasi não podia falar. Entretanto Perpetua Rosa, solta do feroz amplexo, exclamava:

"Pouca vergonha! pôr as mãos na cara de uma mulher velha, este gaiato!"

Á palavra gaiato, homens, rapazes, mulheres, que de instante a instante augmentavam a roda, ninguem se pôde conter, pelo contraste monstruoso entre semelhante epitheto e o vulto de capitão hollandez, rhomboidal, vermelho, rugoso, quadrangular, irritado do moleiro. Foi uma cachinnada, um palmear, um ah ah ah ... ih ih ih ... um assobiar de garotos, que fazia tremer as carnes. Debalde Bartholomeu tentava fazer ouvir as suas explicações: o estrepito opposicionista embaraçava a atrapalhada voz do ministro, que pretendia desemaranhar aquella inextricavel questão de orçamento. Ninguem se entendia: era completamente parlamentar.

Neste momento, á porta de um corredor que dava para a sacristia, appareceu de subito, já meio revestido, o padre prior. O motim do adro tinha ecchoado lá dentro. Á vista daquelle aspecto veneravel e venerado fez-se prompto e profundo silencio.

"Que estrupida é esta?"—perguntou o velho parocho com aspecto carregado e voz severa.—"É na vizinhança da casa de Deus, na hora em que vão celebrar-se os divinos mysterios, que os meus honrados parochianos vem tecer disputas e travar-se de razões, em vez de guardarem a compostura e devoção com que devem preparar-se para o tremendo sacrificio do altar? Rixas e apupadas no dia do bem-aventurado S. Pantaleão?! Não o soffro. Vamos, expliquem-me a causa de tal barulho. Que foi isto?"

"São estas descaradas...."—gritou Bartholomeu.

"Saiba vossenhoria...."—acudiu ao mesmo tempo a tia Jeronyma.

"É este insolente..."—interrompeu Perpetua Rosa.

"Não é nada, padre prior; não é nada:"—diziam conjuntamente o Manuel e a Bernardina, mais com a mão, fazendo um gesto negativo, que com as palavras, enredadas inintelligivelmente com as do moleiro, da ama, e da lavadeira.

"Fale um!"—gritou o prior.—"Assim fico jejuando."

"Foi....."--disseram todos ao mesmo tempo.

"Peior!"—acudiu o parocho.—"Cada um por sua vez. Vamos."

"Saiba vossenhoria..."—vociferou o moleiro, ganiu Perpetua Rosa, flautou a ama, murmurou o Manuel, pipitou Bernardina, clamaram os circumstantes.

"Visto isso, é impossivel saber de que se tracta?"—interrompeu de novo o prior.—"Está bom... Não importa! Depois da festa averiguaremos o caso. Tudo para dentro já! Vá tomar o seu logar, Bartholomeu. Estão os mesarios á espera, e você entretido aqui com estas toleironas! Vamos. Nem mais uma palavra."

E dizendo e fazendo, recolhia-se para a sacristia. No relogio de sol o gnomon estendia exactamente a sua sombra sobre o ponto de intersecção marcado pelo X. As rebecas soltaram a sua chiadeira quasi harmonica, e o grupo, desfazendo-se, escoou-se pelo portal tricentrico, cujas pedras a broxa vandalica havia amarellado; e dentro de poucos instantes o adro ficou silencioso e deserto.

Os instrumentos tambem fizeram silencio passados alguns minutos, e sussurrou lá dentro uma voz humana, cansada e debil, que entoava com suave melopea:

"*Introibo ad altare Dei.*"

Capítulo VIII: Gloria ao Padre Prior

Estamos á porta da igreja. A saloiada mettemo-la dentro. O padre mestre Prazeres, o padre Chaparro, e o padre prior não sei se d'aqui os vêm na capella-mór. Fr. Narciso gyra, mira, vira, revira tudo, na credencia, no altar, na banqueta. O ceremonial romano é um mundo de idéas, que elle dispoz nos diversos repartimentos cerebraes, com uma comprehensão, um tino, uma logica de por ahi além. Fr. Narciso tem d'olho o padre Chaparro, que foi toda a vida um tonto em liturgia, e assim ha-de morrer. General naquelle conflicto, Fr. Narciso está álerta; nem seiscentos Chaparros seriam capazes de lhe entortarem uma ou mil missas cantadas. Em semelhantes occasiões o veterano mestre de ceremonias contempla impassivel da altura da sciencia as evoluções dos seus subordinados: tudo abrange, tudo prevê, tudo dirige tranquillo. E não solta uma voz unica: não reprehende, não incita, não ameaça. Uns beiços estendidos e inclinados á esquerda fazem parar o missal, que ía a ser extemporaneamente arrebatado da banda da epistola para a do evangelho; uns olhos trasbordando pelas palpebras, acompanhados de um oscillar de cabeça rapido, horisontal e fugitivo, inteiriçam os joelhos que vão a vergar em genuflexão deslocada. Emfim, para que estarmo-nos a matar? Como o nome de Fr. Timotheo na parenetica, o de Fr. Narciso na liturgia será o nome que a historia transportará ás mais remotas eras, emquanto as glorias da familia arrabida durarem na posteridade.

O *introibo* entoou-se: o negocio está agora em mãos de mestre: podemos ficar descançados com a festividade. Como o calor da igreja é muito, venhamos, eu e o leitor, conversar um pouco á fresca sombra dos plátanos do adro. Tenho explicações indispensaveis que lhe fazer; dê por onde der, embora ouçamos a missa descabeçada.

Sou homem de bofes lavados, como diziam os nossos velhos, e não gósto de que me estejam a morder na pelle por causa de lacunas, mysterios, ou contradicções nas minhas narrativas. Menos isso. A historia é a historia, e não se hão-de deixar por aqui e por alli obscuridades e incertezas, que façam suar o topete ás academias futuras: muito mais que ha ahi uns quidams, cujo officio é esmiuçar, anatomisar e criticar os escriptos alheios, e que lhes fazem os mais crueis e desalmados processos verbaes, que é possivel imaginar, não lhes escapando periodo nem linha, ponto nem virgula. Critica rosnada pelos cantos é a destes, semelhante ao bisbilhotar da cozinheira com a creada da vizinha, á janella do saguão, sobre os talhos que a ama deu ao presunto, ou sobre o mais ou menos acogulado da medida dos feijões fradinhos. É por isso que a taes criticas chamo eu verbaes; verbaes, porque seus auctores d'ahi não podem passar. Coitados! escreveriam vinte heresias se copiassem o padre-nosso. São os alcaiotes dos *lapsus linguæ*, os mexeriqueiros dos actos de memoria. No vento e com vento compõem: vivem de epigrammas agudos como tranca: morrem sem deixar vestigio. Litteratos a barbas enxutas, eruditos lendo ainda por baixo, passam nas trevas como a coruja; mas bem como a coruja roçando as azas, que salpicou na alampada, pela alva toalha do altar a deixa ennodoada, assim a pagina pura, affagada de tanto amor do artista, estudada com tão sincera consciencia, lá recebe, na tertulia de parvos, a dedada torpe e sebenta de um chapadissimo tolo.

Não sou dos mais queixosos; todavia guardo acatamento profundo a essas caricaturas de adibe, que, á falta de dentes para devorarem carniça, contentam-se de fazer empolas e brotoeja na pelle do proximo. Respeito-os a todos, altissimos e baixissimos; que os ha de todas as riscas da craveira social, no civil, no militar e no ecclesiastico. Estou, por isso, sempre com o credo na bôca quando escrevo uma linha, e antes quero que se queixem da frequencia dos prologos do que me condemnem sem me ouvirem.

Disse já que tinha de fazer uma explicação ao leitor. Tenho; e é indispensavel. Estou ouvindo um melenas arguir assim:—"Como soube a tia Jeronyma que as peças do padre prior se haviam esgueirado, com tanta magua sua, só para dotar Bernardina? Como o souberam os noivos, e Perpetua Rosa? Não se passou tudo particularmente entre o prior e o moleiro, ambos interessados no segredo do negocio, um por virtude, outro por avareza? Foi um duende que veio revelá-lo? Mas isso é fazer como Eugenio Sue, que logo desde o principio das suas novellas arranja um homem humanamente impossivel, e até uma entidade immortal, para nos casos difficultosos se desembrulhar das aperturas da situação. Isso é empalmar; isso não vale. Queremos saber por onde transpirou a generosa acção do velho parocho; mas por meios naturaes. Não admittimos tergiversação, nem milagres."

Tá, tá! Nem eu, falando de telhas abaixo. E era para explicar este mysterio naturalissimamente, que chamava agora o leitor para a fresca sombra dos plátanos do presbyterio. O caso foi este:

Quando o prior, dominado pela idéa de remediar a todo o custo a rapaziada que fizera o Manuel da Ventosa, deu comsigo ao romper da manhan no moinho de Bartholomeu, lembrados estarão de que o velho, accedendo aos desejos manifestados pelo seu parocho de ficar a sós com elle, pozera fóra da porta os moços com o grito de *rua*! Se o homem fizesse como Polyphemo, quando tinha Ulysses e os seus camaradas encapoeirados no antro com os carneiros e como carneiros, o qual, á falta do unico olho que possuia e que lhe haviam vasado, ía apalpando e contando os que saíam, segundo mais largamente narra Homero, não succederia o que succedeu, e já as embrulhadas, picuinhas, dicterios e descomposturas *ad faciem ecclesiæ*, de que antecedentemente dei conta, não teriam sobrevindo, com escandalo das pessoas graves e tementes a Deus. Era, como no logar competente deixei especificado, grande o tráfego no moinho á chegada do prior: duas récuas de machos a enquerir á porta; moços para dentro e moços para fóra; saccos de farinha a rolarem e a empoeirarem a atmosphera; bulha, encontrões, sapateada, arres, xós, pragas, diabos; um pandemonio, emfim, em miniatura. A chegada do prior foi tão inesperada e subita, que Bartholomeu, azoinado, não reparou nos que saíam á sua voz de commando. D'aqui o damno. Uma testemunha ficava ahi, sem que Bartholomeu désse por tal.

Esta testemunha era Gabriel. O pobre rapaz tinha andado, até á meia noite, do moinho para a fonte e da fonte para o moinho, com um macho e dous barris, a carrear agua. Depois, estirou-se a dormir atrás de uma pilha de saccos de trigo, com aquelle valente somno da primeira juventude, a que se não resiste nem n'um campo de batalha. Dormiu, dormiu, dormiu. Rompia a alva e ainda elle era pedra em poço. O grito de Bartholomeu despertou-o, na verdade; mas não teve animo de erguer-se: bocejou, bufou, espriguiçou-se, estendeu os braços para diante com os punhos cerrados, virou-se de barriga para o chão, metteu o nariz debaixo do sovaco, e proseguiu na interrompida tarefa. Felizmente para o pobre do moço, que se fosse presentido pelo moleiro teria de acordar de todo com o despertador infallivel de dous pontapés, Gabriel não resonava, ainda no mais profundo somno. Crendo estarem sós, os dous travaram a larga conversação que no principio desta famosa historia ficou fielmente trasladada.

 Não faço eu tão fraca idéa de mim ou do leitor, que supponha assás falta de interesse a minha narrativa, ou o tenha a elle por um tal cabeça de vento, que se esquecesse da estrondosa gargalhada que desandou o padre prior ao manhoso saloio, quando este lhe propoz désse o dote a sua sobrinha Joanna, á falta de outra mais digna. A descommunal risada é que o somno de Gabriel, se não partido inteiramente, ao menos já estalado pelo grito de Bartholomeu, não pôde resistir. O rapaz fez uma viravolta, abriu os olhos, deu uma guinada ao corpo, ficou assentado, com as pernas estendidas, e a cabeça inclinada sobre o peito, meditabundo por alguns momentos, e immovel como um daquelles santões de que resa Fernão Mendes Pinto. Depois, levando as mãos á cabeça, começou a coçar rapido d'alto a baixo por cima das orelhas. Pouco durou, todavia, essa primeira furia. Como o som da harpa d'Ossian, alongando-se e esmorecendo por entre a nebrina das serras, aquelle coçar d'alma affrouxou e desvaneceu-se gradualmente; as mãos, confrangidas em fórma de garra, espalmaram-se flexiveis, os braços hirtos e erguidos despenharam-se mortaes ao longo do tronco, e a cabeça somnolenta balouçou á direita, depois á esquerda, depois pendeu de chofre para diante, e resaltou quasi ao bater sobre os joelhos, semelhante ao judeu martyrisado pela sancta inquisição, quando ao descer pendurado da polé, a corda, atada mais curta que o espaço médio entre o chão e a roldana, o desconjunctava, retendo-o subitamente alguns palmos acima do pavimento. Assim se desconjunctou aquella machina de somno, e Gabriel abriu seis vezes a bôca, engradou-a com outras tantas cruzes, esfregou os olhos com a parte anterior do canhão da jaqueta, mirou por entre os saccos os dous velhos, embasbacou de vêr alli o prior, e, sem tugir nem mugir, poz-se a escutar o dialogo, que se travára entre ambos.

Qual este foi e o seu desfecho sabe-o o leitor tão bem como eu. Apenas o prior se despediu, encaminhando-se pela encosta abaixo, Bartholomeu recolhendo as setenta peças, que elle deixára sobre a arca das maquias, poz logo tudo em movimento; e Gabriel, por cuja falta naquelle primeiro impeto o moleiro não dera, teve arte de se confundir com os outros moços, que entravam e saíam, sem que o amo nem por sombras suspeitasse que havia uma terceira pessoa sabedora do importante negocio que se acabava de compôr, e sobre o qual, no meio do seu mandar, e ralhar, e lidar, já a ambição lhe ia alevantando na phantasia muitos castellos de vento.

Segredo em bôca de rapaz, outros dizem de mulher (eu, por decencia e pelos meus principios, sustento a moção relativa aos rapazes) é manteiga em nariz de cão. Elle, na verdade, contou-o com variantes para mais e para menos, mas contou-o, que é o caso. E a quem o havia de ir metter no bico? Á pessoa que mais interessada suppunha na historia; á senhora Perpetua Rosa, mas pedindo-lhe pela alma das suas obrigações e pela fortuna da sua Bernardina que não dissesse nada, porque o patrão, se tal soubesse, era capaz de esganá-lo. Prometteu-lh'o Perpetua Rosa; jurou-o e tresjurou-o. Pulava a boa da velha de contente, e a primeira vez que levou roupa á cidade fez das fraquezas forças, e trouxe de mimo a Gabriel um pião novo, uma gaiola de grilos cousa d'espavento, e uma abáda de castanhas do Maranhão e de figos passados, com que o bom do rapaz se regalou de pôr a bôca n'uma lastima. E o mais é que teve palavra. Apenas contou o caso a duas ou tres freguezas antigas de Lisboa, e á tia Jeronyma, com quem desde a mestra, podia-se dizer, era unha com carne. Aqui é que foram as ancias. Pelos domingos tiram-se os dias-sanctos. A ama do prior fez-se fula quando tal ouviu. A lanceta que sangrára a meia do forro da escada apparecia finalmente; e a tia Jeronyma, sem lhe importar o ver a mortificação da pobre Perpetua Rosa, desabafou á sua vontade; mas passado o primeiro estouro da dor, levou de seu brio nunca mais tornar a bulir nesta desagradavel materia.

Eis a verdade nua e crua de como se aventou o segredo. A alhada da porta da igreja, nascida daquellas tafularias tolas do Manuel da Ventosa e da sua companheira, acabou de divulgar o negocio, sem que n'isto andasse o fradinho de mão furada, nem os jesuitas, gente de poder mysterioso e terrivel, nem, finalmente, o judeu errante, que tantas maravilhas obra actualmente na terra. Mas se n'isto não entraram os irmãos do quinto voto, nem o caminheiro Ahasvero, com as suas sapatas tauxiadas de pregos em cruz e com os seus alforges de cholera morbus, entrou, a meu vêr, a Providencia, mas uma Providencia natural e simples nos seus meios, como ella o é sempre, sem milagres nem bruxarias. Cuidava o prior que a sua nobre e evangelica generosidade ficasse occulta; cuidava Bartholomeu que trévas perpetuas cobrissem a torpe cubiça e a sórdida avareza com que se houvera neste negocio. Vae, que faz Deus? Serve-se de um pobre rapaz, que ninguem tinha em conta de nada, e põe tudo ao olho do sol. E fique desde aqui dicto que essa é a moralidade da minha historia: a virtude exaltada, e o vicio punido. Nem mais nem menos, como o desfeixo daquellas grandes comedias, que, ha vinte ou trinta annos, eram as delicias de nossos paes, e a gloria dos nossos dramaturgos das tres unidades, que Deus haja... As tres unidades, entenda-se bem; porque os dramaturgos, esses o Senhor no-los conserve, emquanto podér ser, para nosso regalo e consolação.

Quem disse lá que as velhotas, testemunhas dos *items* do moleiro com as personagens que mais conjunctas lhe eram, entraram para a igreja e se pozeram a ouvir o cantar dos padres, e a musica do coreto, e o esbravejar do prégador? Por um oculo! Á sombra da sua victima, que fôra e que ía seu; á sombra de Bartholomeu, a quem todos abriam caminho para o deixarem approximar-se do banco dos festeiros, ellas atravessaram a mó dos homens, unidos como sardinha em tigela dos estrados para baixo até o guardavento, e chegaram ao meio do mulherio. Haja o apertão que houver, ainda não consta que saloia deixasse de fazer praça para si na igreja. Verdade é que a tia Jeronyma ía em frente com a cara de arremetter que Deus lhe dera, e que mais rebarbativa se tornára com a anterior refrega. Quem deixaria de dar campo á ama do prior, e, sobre tudo, áquella carranca? Seguiam-na os noivos, encolhidos e vergonhosos do escandalo que tinham causado, tornadas em fel e absintho as tão risonhas esperanças que, pouco havia, punham no seu garbo e bizarria; que n'isto vem a acabar muitas vezes as vanglorias do mundo. (Mais moralidade). Após elles vinha Perpetua Rosa, e após a lavadeira vinha a Veronica do Tiago, padeira gorda, vermelha e reverendaça, a Engracia Ripa, mulher do fogueteiro da aldeia, magra, alta, côr de enxofre, a Eufrasia Tasquinha, tia do Gabriel, e varias outras, mais anchas ou mais esguias, mais esgrouviadas ou mais repolhudas, que não sou eu nenhum Homero para estar, nem antes nem depois da batalha, a tecer catalogos de guerreiros.—"Dê licença!..."—"Ai, que me pisou!..."—"Perdoe!..."—"Não vê?..."—Eis o que se ouviu murmurar por alguns instantes. E no meio daquelle mar de cabeças adornadas de lenços de côr, listrados, e brancos, avultava a pinha das recem-vindas, que tentavam ajoelhar; pinha semelhante á embarcação rota a ponto de submergir-se, que balouça vacillante, e se atufa lentamente nas aguas. Manuel da Ventosa, que ficára em pé no topo inferior do estrado, sentia apertar-se-lhe o coração vendo a sua Bernardina no meio daquelle cahos de capotes e roupinhas, como uma avesinha do céu no meio de ninhada de sapos. As sedas, o chapéu, as flores, a romeira rangiam, achatavam-se, engorovinhavam-se entaladas entre aquellas baetas, pannos, camelões e durantes, do mesmo modo que sobre o cadaver da virgem se achatam e quebram as alvas roupas da innocencia e a corôa de rosas, debaixo da terra aspera, pesada, immunda, que o coveiro atira brutalmente sobre os restos do que foi bello, delicado e puro.—"Mas que remedio?—pensou Manuel. As cousas assim hão-de ser sempre, porque assim foram desde o principio do mundo."—Elle, de feito, cria que desde esse tempo existiam missas cantadas, saloias e apertões. Mas emfim ajoelharam, persignaram-se, e a festa principiou.

Não a descreverei eu. Quem não sabe o que é uma festividade de orago, e o que é a missa solemne celebrada n'um templo catholico? Ha ahi alguem, crente ou não-crente na fé que seus paes lhe ensinaram, que não tenha bem vivos na memoria esses dias festivos da sua meninice; esse culto, que sabe elevar o espirito para o céu com as pompas de espectaculo sensual, que parece deveriam faze-lo descer para a terra? Quem se não lembra daquelles bons dias sanctos dos doze annos, em que o sol era mais formoso que nos dias de trabalho, sem exceptuar a folgada quinta-feira do sueto escholastico? Quem se não lembra da epocha, em que o nosso parocho era para nós um ente quasi divino; porque, pobres creanças, ainda ignoravamos os caminhos por onde esses homens, chamados a uma existencia de sancta e sublime poesia, sabem vir despenhar-se no charco das miserias e torpezas humanas, e revolver-se ahi com aquelles de que deviam ser esperança, salvação e exemplo? Quem não se recorda com saudade do tempo em que o altar só lhe apparecia a certa distancia, com o seu frontal broslado e a sua toalha alvissima, assoberbado pela catadupa de lumes de um throno, perfumado pelas jarras de flores, involto no ambiente turvo pelos rolos de fumo raro e pallido do incenso, symbolo do mysterio? A quem não murmura ainda nos ouvidos o rythmo monotono e severo do psalmear sacerdotal, mais accorde com as doces tristezas do coração, que toda a musica sentida e dolorosa dos espectaculos scenicos, e que estes, na impotencia de o vencer, têm ido humildemente imitar nas creações dos modernos artistas (porque Meyerbeer, para ser o rei das harmonias, foi invadir o templo)? Quem, finalmente, não refugiu uma vez, cansado de scepticismo, para as memorias infantis das commoções geradas pela religião dos primeiros annos, religião toda de affectos, de inspirações, sem sciencia nem raciocinio, os quaes, semelhantes ao sal espalhado sobre a terra, podem fertilisar algum coração, mas esterilisam os mais delles? As impressões indestructiveis das festas religiosas guardam-nas os que crêm, como consolação do passado, e como esperança de regosijo futuro; e os que não crêm tambem as guardam, no longo crepusculo da sua alma, como guardamos no inverno as plantas odoriferas já murchas, que, debaixo de céu pardo e frio, ao pé da veiga nua e da arvore desfolhada, nos recordam o halito suave dos campos ao pôr do sol de um dia sereno do estio.

Eis-ahi porque não descrevo a festa. Era especular descaradamente com os leitores: era como se ao Bartholomeu se lhe mettesse em cabeça ir ensinar o ceremonial romano ao incomparavel Fr. Narciso.

E que terá Fr. Narciso, que já escarrou duas vezes, já se assoou quatro, já bufou seis, já arregalou os olhos para o corpo da igreja oito? É que as attenções estão distrahidas. Fortes brutos! Uma perfeição de ceremonias, que nem na capella sixtina no dia da benção *urbi et orbi*!—"Olha o que lá vae! o que lá vae!—rosnava elle cheio de indignação.—Aquellas endiabradas... Quem vos decepára as linguas, tarameleiras! Até aqui! Louvado seja Deus! É de mais. Psiuhhhh!"

Tinha razão. Era um zum zum na igreja, que quasi galgava por cima das rebecas; e mais chiavam e desafinavam com alma. O arrastado psiuhhhh de Fr. Narciso restabeleceu, porém, a ordem, que nem n'um motim popular uma carga de cavallaria.

Mas para se restabelecer a ordem é necessario haver desordem. Quero vêr se tambem dizem os parvos que esta proposição é uma das minhas esquisitices, ou excentricidades, para lhes falar na sua algaravia. A cousa tinha saído do logar onde estavam a tia Jeronyma, Perpetua Rosa e a Bernardina. Qual cousa? Isso é o que não diz a historia. O que é certo é que era um bis bis que partia do

132

centro para a circumferencia, como os circulos concentricos que encrespam a superficie do lago ao meio do qual se atirou uma pedra, e era ao mesmo tempo um balouçar de pontas de lenços sobre os cabeções dos capotes, um rir abafado, um sussurro, uma agitação entre o mulherío, tal, que attrahira a attenção e logo a colera de Fr. Narciso. O mais que se pôde perceber foram alguns fragmentos de dialogo entre a tia Jeronyma e a Engracia do Estanislau fogueteiro.

"Padre nosso que estaes nos céus:—dizia Engracia Ripa, deixando correr um dos bugalhos de umas contas da terra sancta que tinha nas mãos.—Ora essa!—Sanctificado seja o vosso nome.—Forte tractante!—Venha a nós o vosso reino.—E uma pessoa com a sua áquella de que era um home como se quer!—Seja feita a vossa vontade.—Safa!—Assim na terra como nos céus.—Com que então setenta?"

"Entregadinhas!—*Ave Maria, gracia plena*:—respondeu a tia Jeronyma, que latinisava furiosamente á força de viver com o prior.—Como lh'o hei-de dizer?—*Domisteco.*—Foi o demo que o tentou.—*Benedités tu...*"

Neste ponto a interessante conversação das duas matronas foi interrompida pelo psiu! raivoso de Fr. Narciso. Não podemos dizer sobre que ella versava, nem aonde iria dar comsigo: e quando n'uma chronica profunda e grave, como esta, faltam fundamentos plausiveis, é dever do chronista ser sobrio, ou antes abster-se de conjecturas. Direi só que ao saír a gente da festa, não havia cão nem gato que não soubesse tim-tim por tim-tim a historia do Manuel da Ventosa e da Bernardina.

Mais moralidade:—é o que elles tiraram das suas tolas tafularias.

Quando o prior saíu da igreja os rapazes desbarretavam-se, ainda com mais signaes de cortezia e respeito do que era costume; as raparigas affagavam-n'o com um sorrir e volver d'olhos affectuoso, que fazia scismar o bom do parocho. Todos olhavam para elle e falavam em voz baixa. O prior estava zangadissimo.

Mas qual foi o seu pasmo ao vêr chegarem-se a elle muitos velhos de cabeça branca (eram varios lavradores seus freguezes, hourados paes de familia) e beijarem-lhe a mão com os olhos arrasados de agua! Estava fumando. Uma onda se lhe ía outra se lhe vinha de destampar com tudo aquillo, e pregar uma descompostura solemne e por atacado nos velhos, nos rapazes, e nas raparigas.

E para isso não lhe faltava metralha. Mas lembrou-se de que era o dia do orago da aldeia, e teve mão em si. Só lá perguntava aos seus botões qual seria a causa deste destempero e doudice.

Como havia elle de atinar, se tinha o costume de esquecer-se do bem que fazia, porque, sendo fraco de memoria, reservava-a toda para o bem que recebia?

A historia do casamento feito pelo velho parocho, segundo depois me contaram (era eu pequeno, e lembra-me como se fosse hoje), chegou aos ouvidos do prelado diocesano, o qual disse ao famulo do famulo do seu secretario, um dia em que se levantou de dormir a sésta com vontade de galhofar, que na primeira visita que fizesse á diocese havia de elogiar publicamente aquelle digno pastor. Nunca, porém, houve occasião para a primeira visita, porque esta costumeira velha tinha passado já de moda. Eram pieguices só boas para os Bartholomeus dos Martyres e para os Caetanos Brandões; pobres homens, a quem Deus fale na alma, se é que valiam a pena d'isso.

Ajuda—novembro de 1844.

De Jersey a Granville

Abandonavamos, emfim, o solo d'Inglaterra. Sería pela volta do meio dia quando saltámos no chasse-marée que devia conduzir-nos de Jersey a Saint-Maló, atravessando aquella estreita porção do canal que nos separava da França. Sentimentos encontrados eram nesse momento os meus. O sol resplandecia brilhante, e o ar estava puro e sereno: era um dia d'outono, tão bello como o que mais o fosse em Portugal. De um lado alteava-se a ilha com os seus outeiros e valles, solo anfractuoso semelhante ao nosso, e a povoação com os seus edificios cobertos de telha, que nos faziam esquecer aquelles horriveis tectos inglezes de lousa negra, especie de tabuletas do *spleen*, penduradas pelos bretões sobre as suas cidades, e em que parece ler-se a inscripção de Dante:

Per me si va nella cittá dolente.

Do outro lado estendia-se o mar, chão e espelhado, que se interpunha entre nós e a França; entre nós e esse paiz, que para a mocidade das nações occidentaes da Europa é como uma segunda patria; porque lá está o centro das idéas que hoje agitam os espiritos, tanto no que respeita ás questões sociaes, como no que interessa á sciencia e á litteratura; porque lá vivem os escriptores que melhor conhecemos; que, até, amâmos como se foram nossos: paiz, a cujos habitos, tradições, successos e glorias nos têm associado os seus livros, sem o sentirmos, sem, talvez, o querermos. Ao approximarmo-nos da França o coração não bate violento, nem se derramam lagrymas, como ao avistar a terra em que nascemos; mas o animo desaffoga-se, e abre-se á esperança; vamos tractar homens, que nunca vimos, mas com quem de largo tempo vivemos pelas intimas relações dos affectos e da intelligencia.

Eramos seis portuguezes a bordo do chasse-marée, além de dous marinheiros francezes e um grumete, entidades analogas aos nossos antigos desembargadores; porque cada um delles cumulava seis ou sete cargos daquella vacillante e pequena republica, cargos disparatados, que, todavia, as tres personagens desempenhavam perfeitamente, destruindo assim, em parte, a analogia radical, que tinham com esses magistrados de pedante e pesada memoria, que não desempenhavam bem nenhum. Um cão e tres inglezes completavam a collecção dos animaes inclusos entre as quatro taboas da fragil embarcação.

O chasse-marée é um transporte maritimo, que, na minha profunda ignorancia das cousas navaes, me parece semelhante ao hiate portuguez, ao menos na immundicie e na carencia absoluta de tudo o que seja commodidade. N'isto, entre parenthesis, não sou eu ignorante; porque tenho experimentado uns e outros, e posso asseverar que seria mui difficultoso de resolver qual dos dous generos de navios tem parentesco mais proximo com as rudes e acanhadas galés, em que, ha sete seculos, Guilherme o conquistador transportou, através daquelle mesmo canal, da Normandia para Inglaterra os ascendentes da actual aristocracia britannica.

Commoda ou incommoda, era necessario aproveitar aquella detestavel jangada para passarmos a França, e isto por duas razões urgentissimas; a primeira, porque nenhuma outra embarcação havia no porto de Saint-Hélier com destino immediato para a costa fronteira: a segunda, porque o preço da passagem era apenas uma libra esterlina, e uma libra esterlina era o folego maior que podia saír da bôca das nossas bolsas, cuja phtysica pulmonar ia já no ultimo periodo. Tendo-nos, portanto, ajustado com o marinheiro que capitaneava o outro marinheiro, e havendo mettido a bordo os nossos bahus, que, pelo leve e desempedido, podiam servir-nos de botes de salvação em caso de naufragio, saímos da caldeira de Saint-Hélier com uma brisa forte da terra, que brevemente nos arremessou para o largo. Era muito depois do meio dia. Algumas nuvens brancas do lado do poente recortavam as suas franjas irregulares sobre o chão do céu, que a luz do sol tornava de um azul desbotado. Raras e diaphanas, aquellas nuvenzinhas balouçavam-se no ar, ao que parecia, mais voluptuariamente do que nós, que sentiamos arfar, pinchando d'entre as vagas crespas, o nosso pequeno baixel. Pouco a pouco esses vapores accumulados, cujos contornos occidentaes barravam orlas de ouro, engrossaram, tomando fórmas determinadas. Depois, correndo gradualmente mais rapidas, e interpondo-se entre os raios do sol já inclinados e o vulto rugoso das aguas, lhes remendavam o dorso semelhante á pelle mosqueada do tigre. Este jogo da luz dava ao mar um aspecto verdadeiramente accorde com a sua natureza. Que é elle, de feito, senão a mais terrivel das bestas-feras?

E o vento refrescava de instante a instante, e os mastros do chasse-marée principiavam a soltar de quando em quando um gemido doloroso, curvando-se para as vélas quadrangulares retesadas diante delles.

O grumete ía ao leme: o marinheiro, que representava e resumia a companha, de bruços e com os joelhos sob o ventre, no ademan de um gato que se apresta a saltar sobre o murganho immovel de terror, parecia examinar os novellos de nuvens tenebrosas, que se rolavam no horisonte e cresciam para nós, como uma visualidade de camara obscura. A barlavento o arraes ou capitão (*capitaine* lhe chamavamos nós pelo menos) que representava e resumia a officialidade do navio, com o corpo torcido, e encostado á amurada, firmando a barba nos braços cruzados em cima da borda, tambem parecia esquadrinhar o céu e o mar. Dir-se-hia que o encapellar das ondas se regulava e media pelas rugas que successivamente augmentavam em numero e profundeza na fronte tostada do antigo marujo. Um susto vago e inexplicavel como que pairava no meio de nós. Era que a postura e o gesto daquelles dous homens tinham um não sei que sinistro e mysterioso, semelhante ao bofar morno do vento que precede e annuncia a procella.

Nós os passageiros, assentados n'uma especie de canapé mal affeiçoado, que circumdava a coberta á pôpa, tinhamos insensivelmente cahido em completo silencio; ou, para falar com mais exacção, nós os portuguezes eramos os que nos haviamos calado; porque nem o cão, nem os tres inglezes tinham proferido, aquelle um só ladro, estes um só grasnido desde o momento em que saltaram a bordo, na abra de Saint-Hélier. O unico ruído que sussurrava era o ranger do baixel, e o sibilo de vento embatendo em nós, e abysmando-se nos nossos ouvidos, o que nos fazia escutar um som semelhante ao do pinhal que se estorce e vérga ao redemoinharem-lhe por entre as ramas os mil braços da tempestade nocturna.

Dos tres inglezes um velho de cabeça inteiramente branca e rosto inteiramente vermelho dava certidão, nas cans, de que a agua do baptismo passára por alli havia muitos annos, na côr da tez dava-a de que tambem não havia poucos que elle, levado de um sancto respeito pela materia do principal sacramento, abjurára de coração o tocar-lhe com os labios, contentando-se de humedece-los com os tres liquidos fundamentaes de todos os contentamentos possiveis entre os netos dos kimhris e saxonios—o rhum, o vinho e a cerveja. Dos outros dous, um mostrava ser inglez de cincoenta annos, outro de quarenta; o primeiro, magro, da altura de cinco para seis pés craveiros, faces encovadas, nariz meridional, ou antes judaico, isto é, prominente e adunco, tez não tanto morena como macilenta: o segundo, typo saxonico, isto é, rosto largo ę achatado, olhos azues, guedelhas louras, bôca profundamente vincada nas extremidades do beiço inferior, de aspecto aborrido e orgulhoso, como se todo o fumo de carvão de pedra britannico o cercasse com a sua auréola de gloria nacional. De resto não havia que duvidar-lhes da patria: indicava-a o cheiro dos seus vestidos, suavemente impregnados do fartum sebaceo de carneiro, e aromatisados com os effluvios nauseantes da infusão do chá preto, os quaes constituem a formula odorifera da sociedade politica chamada os tres reinos unidos.

Pois tambem ha cheiros nacionaes?—dirá o leitor.—Que duvida! Cada nação tem a sua crença, a sua lingua, e o seu cheiro. O credo inglez é representado não sei ao certo por quantos centenares de seitas, que se mandam reciprocamente para o inferno, desde a igreja anglicana, em que os bispos e arcebispos (poetas, amphytriões, millionarios e politicos) bradam anathema contra as vaidades, luxo e cubiça de Roma, até os methodistas, que vão para os seus templos caçar as inspirações de cima, inspirações que muitas vezes são papadas por velha fanatica e tonta, e ouvidas pelos seus irmãos com uma compunção que daria vinte comedias a Gil Vicente se hoje vivesse, e viajasse pelo *Might Empire* do vapor e da cerveja.

A brisa, que ao saírmos de Jersey era em pôpa, rodou successivamente para noroeste, e antes do pôr do sol soprava já violenta do lado do oeste. Nós seguiamos, pouco mais ou menos, o rumo do sul, e a mudança do vento, posto que ameaçadora, tinha sido momentaneamente uma vantagem de commodidade: o chasse-marée corria á bolina, e por isso o seu arfar se tornára mais suave. No horisonte, quasi pela pôpa, divisavamos ainda o promontorio de Noirmont, e pela nossa esquerda prolongavam-se quasi imperceptivelmente as costas de França, como uma linha negra lançada ao través dos mares. O silencio que reinava a bordo dava certa melancolia solemne ao quadro do céu nublado, das vagas revoltas, e da terra que parecia quasi desvanecer-se na orla das solidões do oceano.

O inglez velho, que ía justamente assentado á minha direita, a pouco mais de meia milha de Saint-Hélier começou a empallidecer. O ar marinho é inimigo figadal do fastio, e por isso, teriamos apenas navegado duas horas, quando começámos a experimentar, nós os portuguezes pelo menos, a immutabilidade inflexivel desse axioma dietetico. Tirámos algumas das nossas provisões, e pozemo-nos a despachar os requerimentos do estomago. Offereci ao velho que tomasse parte naquella refeição; mas elle recusou, declarando-se *sea-sick* (enjoado); todavia para não perder, como verdadeiro inglez, os prós da minha boa vontade, entendeu que podia trocar uma obra de misericordia por outra, e, deixando-se escorregar do banco ao convez, fincou-me sobre os joelhos a cabeça entontecida, e cerrou os olhos. Recommendei então a Deus os meus pobres ossos cruraes, ameaçados de chegarem a França em estado de para nada prestarem, visto ser a cabeça do velho uma verdadeira cabeça ingleza; dura, pesada, e macissa, como o governo da Companhia na Asia.

Porque não repellia eu a familiaridade ominosa do bom do inglez; de um homem cuja nação, como portuguez, tenho a obrigação moral de desamar? Era porque em contrario havia duas considerações igualmente moraes. Uma cabeça branca é sempre respeitavel, ainda que assente sobre o tronco ermo de coração de um filho da Gran-Bretanha. Além d'isso, o cesto de verga em que íam as nossas provisões estava alli como um espectro, que me embargava sacudir a fronte do ancião para o travesseiro macio do convez gordurento. O porque desta acção sympathica do cesto sobre o meu espirito di-lo-hei em breves palavras: é uma historia como qualquer outra.

Miss Parker de Plymouth era uma donzella de sessenta annos; excellente creatura, que nos hospedára por dous mezes naquella cidade, mediante a bagatella de tres shellings semanaes por cabeça. A Inglaterra, como todos sabem, é o paiz da franca e sincera hospitalidade. Eramos ahi nove portuguezes, em seis camas e tres aposentos, o que dava certo ar pythagorico e mysterioso á familia, que, dirigida por Miss Parker, podia servir de modelo ás outras ninhadas de emigrados que ainda viviam em Plymouth. Ninguem tinha uma patroa como nós, e os seus *lodgings* eram a perola das albergarias de Plymouth. A principio havia-se encarregado de nos preparar a comida; mas poucos dias podémos resistir aos abominaveis temperos do paiz. É precisa uma raça de estomagos que ainda fosse antropophaga no meado do quinto seculo da era christan para luctar vantajosamente com a cosinha d'Inglaterra, e estes estomagos só os inglezes os possuem, segundo o testemunho do seu historiador Gibbon. Os nossos cederam a tão dura prova, e vimo-nos obrigados a dispensar Miss Parker do mister de nos envenenar. Quanto ao mais eramos verdadeiramente seus filhos em espirito, em espirito, digo, porque, afóra muitas reflexões pias de que se dignava fazer-nos, a nós pobres idolatras do catholicismo, obrigava-nos a respeitar o domingo no pleno rigor da igreja anglicana; isto é, a morrer de tedio e tristeza, prohibindo em sua casa todo o genero de divertimento, ainda o mais innocente, desde pela manhan até sol posto, momento em que naquelle abençoado paiz Deus cede ao diabo o resto do dia dominical, e em que a devassidão e a embriaguez, tripudiando nos prostibulos e nas tabernas, se vingam das dez ou doze horas de sermões impertinentes dos *clergymen*, e de psalmos desafinados pelas vozes roufenhas e prosaicas da turbamulta, debaixo das abobadas sanctas, poeticas e venerandas das antigas igrejas catholicas, repartidas hoje em camarotes de theatro pela pureza aristocratica e beata do protestantismo inglez.

Miss Parker foi o unico folego vivo da Gran-Bretanha, a quem, na minha estada em Inglaterra, devi um beneficio: quando partimos para Jersey deu-nos um cabazinho em que levassemos a nossa matalotagem, e derramou algumas lagrymas ao despedir-se de nós. Aquelle cabazinho era o que estava ante mim, e me sustinha em cima dos joelhos a cabeça do velho. Sobre as vagas procellosas do canal da Mancha eu soldava assim as minhas contas com a Inglaterra.

O vento continuava a rodar para sudoeste, e os nossos dous marinheiros colheram parte do panno e mudaram algum tanto de rumo: depois tornaram a assentar-se na mesma postura em que estavam, e tudo voltou ao anterior silencio, que só era interrompido pelo marulho das ondas espalmando-se no costado do chasse-marée.

Mas um flagicio, mais abominavel ainda que os condimentos ferozes da cozinha ingleza, veio cortar atrozmente este silencio triste, que representava no meio de nós a previsão de imminente procella.

O inglez alto, de gesto esguio, e nariz hebraisante, tinha-se assentado ao pé do outro inglez affeiçoado pelo typo saxonico, no topo esquerdo da banqueta corrida á pôpa. Duas ou tres vezes, desde que levámos ferro, elle dirigiu ao companheiro uma rosnadura, a que este respondeu com o estirado monossyllabo *Yes*. Á quarta vez, aquella resposta laconica foi proferida com certa melopéa de resignação, que cortava os fios da alma, e acompanhada de um volver d'olhos azues, em que se pintava uma supplica de piedade. Mas o inglez aguçado carregou o sobr'olho, e, mettendo a mão ao seio, poz-se a procurar o que quer que era na algibeira interior de uma das quatro sobrecasacas que tinha vestidas. Eu observava esta scena; sabia o que póde o spleen, e o receio de algum anglicidio passou-me pela mente, ao contemplar o aspecto torvo de um e o gesto confrangido e timido de outro. O vento sibilava violento, as aguas começavam a tingir-se de negro, e o céu estava completamente toldado; era meio poema britannico. Um tiro de pistola e um cadaver baldeando no mar completariam uma epopéa. Nas feições do inglez esgrouviado parecia-me ler duas palavras—Spleen e Poeta—e por isso os meus temores não eram tão infundados, como, no primeiro momento, talvez os tenha julgado o leitor.

E o mais era que eu acertára farejando em Mr. Graham Senior (eram os dous inglezes irmãos, segundo depois soubemos) um fazedor das regrinhas, que na lingua ingleza correspondem ao que nas linguas do meio-dia é e se chama versos. O honrado Mr. Graham não procurava na algibeira o amago e substancia da idealidade e poesia britannicas, a pistola suicida. Não! Era cousa mais atrozmente assassina; era um quaderno grosso de letra microscopica, em que provavelmente se continham as suas inspirações ineditas! Estava explicada a longa taciturnidade dos dous. O perverso meditava aquelle fratricidio intellectual desde a partida de Saint-Hélier, e os quatro grunhidos abafados que lhe ouviramos tinham sido quatro tentativas para predispor a victima. De feito, quando elle sacou o alentado canhenho, Mr. Graham Junior parecia inteiramente resignado.

Aquelle atenazador das orelhas do proximo começou a sua leitura pela primeira pagina. Era um algoz de consciencia, e já se podia prever que tinha a boa tenção de atormentar-nos emquanto durasse o dia, que felizmente se inclinava a seu termo. Como me foi possivel, percebi aos trinta ou quarenta versos que era um poeta da eschola de Pope, ou como quem o dissesse entre nós, um poeta da Arcadia. Cá teria falado em Jove, Marte e Neptuno, nas musas, nos zagaes, nas nymphas, na tuba de Calliope, ou na sanfona não sei de que deusa: lá, nas inspirações de Mr. Graham, eram as paixões, os vicios, os affectos personalisados quem fazia o serviço dos seus poemas: aqui a esperança, alli o desalento; ora a temperança, logo a desenvoltura. Aquella poesia frigidissima fazia-me lembrar do Olympo, do Pindo e da Castalia dos nossos arcades, e de algum modo me consolava das miserias domesticas, ao vêr que a poesia cadaverica das fórmas e convenções não vivia unicamente entre nós, mas ainda ousava no canal da Mancha misturar as suas semsaborias academicas com o bramido terrivel do vento, e com o ferver estrepitoso das vagas, que entoavam accordes a sublime invocação da procella.

O poeta esguio declamava as suas regrinhas lentamente e com todos os requebros da melopea ingleza, genero de canto semelhante ao gemer rabugento de uma creança na primeira dentição. O pobre diabo, posto que provavelmente acreditasse que nenhum de nós o entendia, pensava por certo que, nova especie de Orpheu, bastavam os sons das suas palavras harmoniosas para nos arrebatarem e extasiarem, a nós selvagens da Europa, como com tanta graça e verdade denominam os escrevinhadores de John Bull os habitantes da Peninsula! Pensava assim, de certo; porque de quando em quando volvia para nós os olhos com aquelle sorriso de complacencia estupida, que é peculiar na cara de um inglez vaidoso e contente de si.

Um dos exemplos mais lamentaveis da cegueira do espirito humano é a persuasão em que os escriptores de Inglaterra estão de que possuem uma lingua litteraria falada; isto é, que os sons quasi inarticulados do seu chilrear e grunhir correspondem sufficientemente aos grupos de caractéres alphabeticos, de que elles se servem para representarem os proprios pensamentos. Todavia a lingua escripta de Inglaterra nada tem que ver com a linguagem em que a nação se exprime: são dous typos diversissimos, que dão fórma sensivel ao pensamento. Abri um livro escripto em qualquer outro idioma da Europa, e fazei ler por elle um estrangeiro completamente ignorante desse idioma: o natural do respectivo paiz, aquelle que o falou desde a infancia entenderá tudo ou quasi tudo, se escutar essa leitura. Fazei a mesma experiencia com um livro inglez: o natural de Inglaterra não entenderá provavelmente uma unica palavra. É que na realidade entre este povo, em tudo singular, os signaes chamados letras não tem um valor constante e determinado, e por isso não podem corresponder rigorosamente a um som.

A Inglaterra ha visto nascer no seu gremio grandes poetas. Shakspeare e Byron bastariam para lhe dar uma celebridade immensa. Mas a sua poesia reside toda no pensamento, na essencia da arte. As fórmas externas são rudes, barbaras, ou fluctuantes. Shakspeare e Byron foram dous selvagens, um porque estava além da civilisação, outro porque estava áquem della; mas foram talvez as duas almas mais sublimemente poeticas da Europa. Porque, pois, não souberam ajunctar a melodia material ás harmonias intimas das suas ideas? Foi porque não podiam converter em palavras humanas o intoleravel grasnido dos seus compatriotas.

Uma cousa que sempre me acontece em ouvindo falar um inglez é notar as mysteriosas analogias que ha constantemente entre a lingua de qualquer povo e os seus habitos de moralidade. Considerae por exemplo a lingua alleman: é um idioma perfeitamente accentuado; os vocabulos escriptos correspondem rigorosamente aos falados: não ha ahi luxo inutil de letras: todas se proferem; todas representam um som ou uma articulação. Os caractéres do alphabeto nunca serviram para enganar o estrangeiro. Não achaes n'isto uma expressão do animo leal, franco e singelo daquelle povo? A *Deutsche Treue*, a *fé germanica*, não se reflecte como em um espelho da lingua desse paiz? Agora escutae um inglez: dous terços de cada palavra, como a representam os signaes alphabeticos, não se proferem: devora-os o leitor: são uma armadilha para obrigar os labios peregrinos a darem syllabadas: o inglez pronuncia com os dentes cerrados, como se temesse que essas palavras-ouriços lhe fizessem, ao perpassarem, os labios em sangue. Não achaes n'isto um typo de cubiça e avareza? Um pensamento enganoso? O algodão tecido á sorrelfa com a lan? Não descubris lá o pensamento do tractado de Methuen, ou do desembarque de Quiberon? Não se revela no coaxar das rans de Wordsworth e dos poetas dos lameiros o *British Interest*?

Taes eram as reflexões em que eu estava embebido emquanto o poeta mastareu acreditava ter-nos enleiados a todos com as mellifluas toadas do seu poetico lavor. A noite, entretanto, tombando de castello em castello de nuvens, lançava sobre o dorso do mar revolto o seu manto de obscuridade. O sectario de Pope cedeu então ás trévas: fechou o canhenho, e resguardou-o outra vez dos olhos profanos debaixo da meia fabrica de Leeds, que fora absorvida na mole immensa dos seus quatro casacões.

Mr. Graham Junior, apenas seu respeitavel irmão cessou de ler, volveu para elle o rosto melancholico, e murmurou, depois de um suspiro:

"*Aye!—Very good!*"

Com os tres *Yes* precedentes fazia a conta de seis palavras, ou grasnos, que despendêra naquelle dia Mr. Graham Junior.

Dous inglezes ridiculos são incontestavelmente as duas cousas mais ridiculas deste mundo.

O temporal que se preparára durante a tarde desfechou em cima de nós com o cerrar da noite. O vento saltára inteiramente ao sul, de modo que nos ficava ponteiro. As vagas accumulavam-se em serras, que, alçando-se e topando em cheio, se enlaçavam e confundiam como dous luctadores furiosos. Depois a mais possante, sumindo debaixo de si o grande vulto da sua contraria, erguia o topo esguio, que vacillava um instante, e cahia desfeita em catadupas de escuma nos valles profundos cavados momentaneamente em volta della. A lucta daquelles vagalhões gigantes, em pé sobre o abysmo das aguas, estreitando-se e despedaçando-se como as hyenas e tigres n'um circo romano, vista assim ao lusco-fusco sob um ceu achatado e cinzento, era uma sublime peleja! Todos os espectaculos da terra—dos homens ou da natureza—que são, ou que valem, comparados com a colera da procella que passa no oceano? Menos que farça semsabor de titeres comparada com o Hamlet ou com o Othelo representados por Betterton ou por Garrick. O mysterio dos mares é de todas as obras da creação aquella em que mais profundamente o Senhor estampou o seu verbo; a inscripção indelevel e indubitavel, que narrará perpetuamente ao genero humano o seu infinito poder.

O chasse-marée havia-se posto á capa. O vento não consentia já que surdissemos avante, e o arraes, depois de uma breve conferencia á prôa com o seu companheiro, veio declarar-nos que seria impossivel seguir o rumo de Saint-Maló; que era necessario pôr a prôa nas costas da Normandia, e dirigirmo-nos a Granville; e finalmente, que só ahi poderiamos tocar em terra na manhan seguinte. Recebemos esta desagradavel nova com mais heroica resignação, se é possivel, que a de Mr. Graham Junior ao levar a sova poetica das inspirações fraternas. E que não nos resignassemos! A immutabilidade do nosso destino proclamavam-n'a os silvos do vento, e, o que mais era, a declaração do arraes. Um capitão de qualquer baixel é o absolutismo incarnado: as suas decisões equivalem á fatalidade moslemica. Em muitos sermões politicos, que é a espécie mais impertinente do genero litterario—-sermão—tenho lido comparações fulminantes contra os tyrannos, buscadas no despotismo asiatico. Se eu cahisse na miseria de fazer eloquencia politica, não ía tão longe busca-las. Saltava no primeiro hiate, chasse-marée, ou sloop, e travando do arraes dizia ao mundo: *ecce homo*; eis-aqui a flôr, a maravilha, o ideal de todos os despotismos possiveis. Os que andam incommodando Attila, Kulikan, ou Timur, para afferir por elles os tyrannetes quasi-ridiculos da Europa moderna, são dissertadores d'agua-doce, que

144

(para me servir de uma phrase do auctor de Micer Harold) nunca pozeram a mão sobre a juba crespa do oceano. Tyrannia e arraes são synonimos: digam o que quizerem os extirpadores implacaveis das synonimias.

Maitre Jean Legris era um verdadeiro arraes normando: duro, carrancudo, e inexoravel como os piratas do seculo duodecimo seus antepassados, de que tão pavorosas memorias restam nas costas de Portugal e de Galliza. Ouvimo-lo com magoa, mas com respeito, porque não havia replicar. O chasse-marée obedecia ao leme, o leme ao marinheiro, o marinheiro ao capitão, e o capitão, pactuando com o vento, resolvêra empalmar-nos Saint-Maló e a Bretanha, para nos dar em troco Granville e a Normandia. Por isso, antes de nos communicar as suas intenções, mestre João tinha dado a pôpa á tempestade e tomado o rumo de leste. Contava d'antemão com a obediencia, que não lhe podiamos refusar.

Emfim anoitecera: a unica luz que viamos nas campinas do ceu e das aguas era aquella especie de branquejar phantastico e transitorio da escuma, que é para o luar o que um retrato de morte-côr para um vulto original—menos que frouxissima claridade, e mais que o crepusculo esbranquiçado e indeciso de um corpo alvo e que mal se divisa no meio das trevas.

O chasse-marée, galgando por cima das ondas, no meio do refluxo dellas, devia parecer, visto de longe, um baixel mysterioso e infernal, perseguido por espectros que surgiam successivamente dos abysmos, e que em roda delle dançavam danças maldictas, involtos em seus alvos sudarios.

Bem importavam a Mr. Graham, o fratricida psychologico, aquellas solemnes tristezas de uma noite procellosa! Tirou um frasquinho de aguardente que trazia a tiracollo, bebeu um largo trago, e alevantou-se, dirigindo-se á escotilha da especie de camara que nos ficava de baixo do tombadilho. Era um pinheiro! Quando o vi em pé receei que o sul o partisse; mas nem sequer rangeu. Se me não mente um calculo rapido, Mr. Graham era, ao menos physicamente, um poeta da força de oitenta cavallos, medida britannica: era um poeta de alta pressão: era um poeta *warranted*, para me exprimir como os laconicos letreiros de todas as peças de fazendas inglezas falsificadas. Mr. Graham Junior seguiu Mr. Graham Senior, *non passibus aequis*, como mais curto que era. Ouvimos lá embaixo ainda dous ou tres regougos; depois tudo cahiu de novo em silencio.

O velho, que se me encostára sobre os joelhos, apenas viu os seus compatriotas buscarem acolheita para a noite, ergueu-se, e cambaleando chegou á ingreme escada que conduzia á estreita camara. Poz um pé no primeiro degrau, poz o outro no segundo, tornou a pôr aquelle no ar, e disse com o corpo no fundo—pan!

Era o som d'um *cask* de cerveja cahindo de vinte pés d'altura. Ouviu-se-lhe um grito rouco e mais dous grunhidos dos seus respeitaveis patricios. Tinha arrebentado o saxonio, ou espalmado o poeta? Talvez ambas as cousas. Corremos a acudir-lhes levados pelo primeiro impulso de humanidade. Os primeiros impulsos, nestes casos, não prestam nem para Deus, nem para o diabo, porque são estupidamente involuntarios. Seja isto dicto, com paz do leitor, como desculpa da nossa caridade, e como descargo de consciencia nacional.

Para clareza desta importante narração é de saber, que apenas viraramos de rumo, o marinheiro substituíra o grumete no governo do leme, como ministro responsavel de mestre João, e o grumete fôra assentar-se á proa no logar que deixára o seu successor, exactamente como um ministro demittido, que vae tomar assento nos bancos da opposição. D'alli olhava para o tombadilho, fazendo a segunda, com um assobiar monotono, ao bramido do vento.

Chegámos dous ou tres á escotilha onde soára o baque do velho. Iamos a descer, a risco de nos despenharmos tambem, quando a cabeça de Mr. Graham Senior começou a surgir como uma visão de Manfredo:

What dost thou see?—
I see a dusk and awful figure rise.

Á luz da bitacula, que enviava um raio frouxo ao rosto do grumete, o poeta acenou-lhe que se approximasse, sem se dignar sequer de olhar para nós humildes creaturas, que haviamos parado em roda de sua grandeza.

O rapaz chegou-se a Mr. Graham.

"Brandy!"[1] —rosnou este, com o aspecto temerosamente carrancudo e imperativo de um Nelson dando a ordem de accommetter na batalha de Trafalgar. Dizendo e fazendo, mostrava o seu frasco de aguardente virado de boca para baixo. O rapaz poz-se de novo a assobiar.

Nós então ousámos perguntar a sua extensão se por ventura succedêra algum fracasso aos seus compatricios. Elle lançou-nos

---

1 Aguardente.

um olhar obliquo, e em voz mais alta bradou ao grumete:

"*Rhum!*"

"Não ha:—respondeu o rapaz entre dous assobios.

"*Bring rhum, boy!*—insistiu o cantor da temperança, já colerico, e fazendo-se desentendido.

"*Chien d'anglais*, não percebes?..."—exclamou o grumete na sua lingua nativa, com um gesto de impaciencia; e accrescentou voltando-se para nós:

"Que diz este diabo?"

"Que lhe ponhas para alli cachaça:"—ia eu a dizer, paraphraseando em francez os trez monosyllabos britannicos, quando fui interrompido por um mugido, subito, incisivo, retumbante, que sobrelevou o rugir da tempestade. Soltara-o Mr. Graham, que, cerrando os punhos, com todos os ademanes de um professor de sôcco, crescia já para o pobre grumete, o qual avaliára erradamente a linguistica do poeta. Elle percebêra ás mil maravilhas as duas personalidades de *cão* e *diabo*, que ousára dirigir-lhe o imberbe e enfarruscado normando.

Felizmente para este, uma onda galgando exactamente nesse momento a pôpa, veio lavar o tombadilho, e em forte balanço, fazendo perder o equilibrio ao filho da Gran-Bretanha, o estendeu ao comprido na agua que passava em demanda da prôa, com grave perigo do precioso manuscripto do casacão. Estirado sobre a tilhá do chasse-marée, e colleando e bufando para se alevantar, Mr. Graham representava soffrivelmente o papel de um congro tirado naquelle instante do mar. Quando elle, emfim, pôde concluir o plagiato que fizera ao tombo do seu velho compatriota, o grumete tinha-se já retirado ao anterior posto, sobre os escovens, e continuava o seu acompanhamento de assobio ao estrepitar do vento.

Mr. Graham meditou um momento. Parece que o abalo da quéda e a frescura da agua lhe modificaram poderosamente o orgão da *combatividade*; porque, sem dizer palavra, desceu outra vez para a limitada camara da fragil embarcação.

Este incidente, que passára com grande rapidez, podia ter dado motivo a uma séria desavença entre o arraes e o poeta, porque mestre João mostrava-se demasiado cioso da propria auctoridade, para não consentir que um dos seus subditos fosse punido por haver recusado uma cousa que talvez não houvesse realmente a bordo, e por ter dicto duas verdades duras a um conterraneo dos nevoeiros e dos beef-steaks. Mas porque não se exprimiu Mr.

Graham de modo que o grumete o entendesse? Como imaginou elle que o pobre rapaz podesse perceber os seus tres monosyllabicos grunhidos? É que o orgulho e o patriotismo britannico andam aninhados em tudo. O que nos outros paizes se olha como um primor d'educação, em Inglaterra é uma indecencia. Um inglez parece envergonhar-se de saber algum idioma estranho, e muito mais o francez, que nos paizes continentaes não é permittido ignorar a qualquer individuo medianamente instruido.

A lingua franceza, pela sua simplicidade, regular sintaxe, determinada prosodia, e mais circumstancias que a tornam facil para os estrangeiros, tem obtido uma certa universalidade, que a vae convertendo, por assim dizer, em lingua geral, principalmente na Europa. Este predominio da lingua franceza deve ter talvez n'um remoto futuro graves consequencias politicas. É por essa razão, que aos inglezes doe excessivamente tal predominio. Primeira nação do mundo como potencia material; representando nos tempos modernos uma imagem da antiga Roma, a Inglaterra soffre de mau-grado o ser intellectualmente inferior á Allemanha e á França. A influencia moral que pelos seus livros esta ultima exercita na Europa, nomeadamente nos paizes occidentaes, tende a augmentar ahi a sua influencia social, na razão directa do progresso de civilisação desses paizes. A França actua pelas idéas, em quanto a Inglaterra o faz pelas esquadras: mas a acção das idéas cria a semelhança de crenças, de costumes e de affectos, em quanto o temor das esquadras, o apparato do poder, as insolencias do forte contra o fraco só geram odios fundos, que se vão legando de paes a filhos: que se vão accumulando no thesouro commum das gerações que vem surgindo. Estes odios são um incendio que lavra, e que póde abrasar a Inglaterra n'um desses dias aziagos, que amanhecem para as nações como para as familias. Uma crise basta para perder o Reino-Unido, e esta crise é facil n'um corpo moral cuja physiologia é monstruosa e antinomica. A Gran-Bretanha deve saber que os ecchos do continente repetem de contínuo a grande voz do povo, que, em mais de um paiz, murmura aquelle terrivel verso do poeta italiano:

Siam'servi, si:—ma servi ognor frementi!

Ninguem como os inglezes tem o instincto da vida politica. N'uns este instincto é ajudado pelo raciocinio, n'outros pelo orgulho nacional. A Inglaterra desejára tirar á França as influencias intellectuaes: para isso fôra necessario generalisar a propria lingua. Ahi é que bate o impossivel. Entretanto o inglez vae falando inglez na terra e nos mares, quer o entendam, quer não, e só em casos desesperados recorre a algum idioma estranho, não sem o torcer, estafar e mutilar, com toda a barbaridade de um verdadeiro Kimhri. É uma teima perpetua entre a Europa e a Gran-Bretanha:

"O mundo a porfiar que os bretões grunhem;
E os bretões a teimar que o mundo mente"
Aquelle caso de Mr. Graham fôra mais um capitulo desta polemica eterna.

Nós os portuguezes pensámos então em buscar uma guarida para passarmos a noite, porque algumas pingas grossas de chuva nos annunciavam um aguaceiro imminente. Dirigimo-nos a mestre João, que nos declarou categoricamente ser impossivel dar-nos entrada na tóca miseravel, a que elle tivera a ousadia de pôr o nome de camara; e isto pela razão composta de que os tres inglezes a occupavam inteiramente, e não podiam ser d'alli expulsos, tendo pago trinta shellings por cabeça, em quanto nós pagáramos só vinte. O argumento era de uma solidez irreprehensivel. Pedimos-lhe todavia humildemente nos declarasse em que sitio nos poderiamos resguardar da agua do mar e do ceu; porque se houvessemos pretendido passar a nado de Jersey para França, escusáramos ter-lhe pago a mal-aventurada capitação d'uma libra esterlina, que nos fazia descer na escada social dez shellings, ou dez furos, abaixo dos tres inglezes.

Os selvagens têem mais que os homens civilisados a eloquencia do gesto, e o bom do normando, forçoso é confessa-lo, dava todos os indicios de verdadeiro botecudo. Tomando a postura sublime de um*seekoenig*, o rei do mar dos antigos sagas da Islandia, e com um—*là!*—que podia fazer ainda mui decente papel ao lado do—-*qu'il mourut*—de Corneille, o arraes, especie de Buonaparte juncto ás Pyramides, nos apontava para a escotilha d'avante, a escotilha da boca do porão, e parecia dizer-nos no seu gesto mudo:—"Ahi quarenta dores rheumaticas vos esperam!"—Melhor era isso, comtudo, que amanhecer inteiriçados sobre a tolda; e assim, dando-nos por avisados, arremettemos com o abysmo.

Escada não a havia; e as trevas interiores não eram menos densas que as trevas exteriores, de que resa a Biblia, onde ha o chôro e o ranger de dentes. A altura, porém, não devia ser grande. Como os cavalleiros do Palmeirim d'lnglaterra, cada um de nós se encommendou á dama dos seus pensamentos, e do modo que pôde desceu áquella especie de *bolgia* dantesca.

O chasse-marée, destinado a transportar gado de França para as ilhas do Canal, ía em lastro, e o lastro era d'areia. Se não fossem os terriveis balanços da embarcação, a pocilga em que nos achavamos poderia passar ao tacto, unico sentido de utilidade naquella situação, por uma praia deserta. Depois de apalparmos por largo tempo em volta de nós, achámos por fim uma véla e alguns cabos, lançados para uma extremidade do areal fluctuante. Ao menos tinhamos um leito, se não mais macio, ao menos mais enxuto que esse com que já contavamos. Uma pouca d'areia humida por pavimento, algumas braças de lona por leito, e por agasalho e cobertura a tolda d'um miseravel barco eram, com as trevas que nos rodeavam nesse momento, toda a nossa consolação e abrigo.

Se esta recordação escripta, humilde e obscura, como seu auctor, passar ante os olhos do major C***[1] elle ha-de por certo lembrar-se de que essa noite foi uma das bem dolorosas e tristes da sua larga vida de soffrimento e abnegação; da sua vida de honesto e valente soldado. Padecimentos antigos haviam crescido com os trabalhos e estreitezas do desterro, e posto que o seu animo de ferro lhe não consentisse o soltar um só queixume, o incendio lavrava lá dentro, e a dôr, que não podia subjugar-lhe o espirito, ás vezes se lhe revelava no gesto confrangido. O seu estado gerava em nós, que sinceramente o amavamos, serios receios. Mas como o padecer se não traduzia em gemidos, no meio da escuridão, e entretidos com a scena ridicula do poeta da temperança e da aguardente, haviamo-nos persuadido de que esse padecimento diminuira consideravelmente.

Deitados em cima da véla convertida em colchão, os meus companheiros breve adormeceram. Quando a consciencia está tranquilla a mocidade encontra facilmente o repouso ainda no mais duro leito. Só eu velei; porque lhes levava uma vantagem, talvez antes desvantagem, uma imaginação mais ardente. O major C*** tambem parecia dormir.

Achava-me finalmente só!

Havia muito que para mim não existia a vida íntima senão no silencio da noite. O dia, esse passava-o como embriagado na agitação tumultuosa de peregrino, vendo fugir diante dos olhos, na terra e nos mares, os quadros e as scenas de uma natureza e de uma sociedade diversas daquellas que me tinham cercado na infancia e na primeira juventude. Era de noite que a imagem da

---

1 Actualmente (1843) brigadeiro Celestino Soares.

patria, terribilissima de saudades, se me assentava como um pesadelo sobre o coração, e me expremia delle bem amargas lagrymas! Aos vinte annos a nossa alma, viçosa e virgem, tem affectos para derramar com mão larga por tudo o que nasceu e cresceu juncto de nós; por todos aquelles que nos ensinaram a balbuciar as primeiras palavras, e nos guiaram os primeiros passos no caminho da vida. Para achar deleite em vaguear fóra do nosso ninho paterno, é preciso haver passado a idade das esperanças; é preciso ter já calcado aos pés, inteiramente sugado, o pomo das illusões, e assistir ao drama da existencia, não como actor possuido do seu papel, mas como espectador indifferente, que sabe ser esse drama um embuste, algumas vezes attractivo, mas semsabor as mais dellas; é preciso ser homem; e eu tinha então vinte annos. Por isso este errar entre estranhos teria para mim demasiado tedio e tristeza, quando se lhe não ajunctassem outras maguas e privações de muitos generos.

O desterro é uma das mais profundas miserias humanas; mas a pobreza no desterrado é o tormento mais intoleravel do espirito, porque é um composto monstruoso de saudade, de humilhação, de abandono, de desesperança, que vos lembra cada dia, cada hora, cada instante, a vossa situação desgraçada; que vos recorda sem cessar que sois uma especie de Ahasvero, de judeu errante, que a maldicção de Deus guia, em meio do desprezo dos homens, dos vituperios, dos trabalhos, por uma peregrinação sem termo e sem horisonte. Tendes de experimentar a affronta e calar, os maus tractos e soffrer, a fome e a nudez e não ousar pedir uma esmola, porque o pobre estrangeiro é um ente médio entre o homem e o animal, a sua linguagem inintelligivel e ridicula, a sua dôr e o seu sentimento quasi um impossivel, o nome do seu paiz a fabula e o escarneo das gentes, sobre tudo se esse paiz é fraco, limitado e obscuro. Então vem o comparar tudo isso com os commodos e gasalhado do lar domestico, com o amor e amizade, que vos cercavam de suavidade o viver de outro tempo, e a comparação vos converte em fel e lagrymas o sangue mais puro das veias. Tombastes de pedra em pedra no fundo de um abysmo: lá acharam os vossos membros pisados e feridos um leito de çarças; e d'ahi medís de contínuo a altura da quéda, porque vos luz lá em cima o céu da patria, e a saudade vos mede palmo a palmo a distancia que vae do despenhado a essa imagem querida.

Que todos aquelles que nunca saíram de sob o tecto da sua infancia; que nunca buscaram debalde o sol esplendido da terra occidental para o saudar na manhan de primavera; que nos remansos do seu rio natal não imaginam o ennovelar-se e bramir das vagas do oceano; que nunca viram o céu chato do norte pesar sobre a campina, estendida como um cadaver, e coberta do seu sudario de neve; que esses alguma vez se recordem e compadeçam do pobre foragido, a quem as intolerancias insensatas e ferinas de paixões politicas arremessaram para estranhas regiões. Seja qual fôr a vossa crença, a vossa parcialidade, doei-vos d'elle; porque as doutrinas podem ser erros mas não são crimes. E de mais, quem vos diz que essa opinião, que vos parece verdadeira e sancta, vos não parecerá com o tempo absurda e má, se de sincero coração a seguís?

Engolfado nestas idéas, posto que bem desperto, conservava-me calado no meio dos meus companheiros, os quaes dormiam placidamente ao murmurar da agua no costado do chasse-marée, que rompia pelas vagas agitadas. De vez em quando os mastros rangiam com os turbilhões de vento, e sentia-se um golpe soturno e embaçado sobre a tolda. Era alguma onda que salvava por cima do baixel, como a que viera acalmar a colera do esgrouviado Mr. Graham. Depois ouvia-se a voz do arraes, que proferia algumas palavras inintelligiveis: depois outra vez só o silvar da procella.

O major C*** revolvia-se entretanto perto de mim, ao que parecia grandemente inquieto. A persuasão, talvez, de que ninguem o escutava, e a intensidade da dôr arrancaram-lhe, emfim, um gemido. A sua energia moral succumbíra. O veterano, depois de largo combate de muitas horas, declarou-se vencido.

Falei-lhe em voz baixa: na tristeza da noite o padecimento physico parece achar consolo no som da voz humana. Era o unico soccorro que na situação em que nos achavamos lhe podia ministrar.

A nossa conversação durou por algum tempo; nesta conversação havia para mim o refrigerio do espirito, porque nos recordavamos da patria; elle buscava assim um allivio para dous generos de angustias, as do espirito e as do corpo. Era mais infeliz do que eu!

Por este modo passou grande parte da noite. A tempestade crescia progressivamente, e o balanço do chasse-marée era já intoleravel. Começámos então a sentir por cima das cabeças os passos apressados dos marinheiros, e um som estranho, como de mar quebrando ao longe em agra penedia. Este som, semelhante ao disparar de artilharia por sotavento, approximava-se gradualmente.

D'ahi a pouco ouvimos correr rapidamente a amarra pelos

escovens. Era incrivel que tivessemos chegado tão depressa ao termo da nossa viagem. As seguintes palavras de mestre João, precedidas de uma praga, não nos deram vagar de fazer sobre isso largas conjecturas:

"*Ventre-Saint-Gris* ... a amarra ... vamos a pique!"[1]
Foi o que pudémos perceber. E era sobejo.

O major C*** ficou immovel. Quanto a mim, o primeiro pensamento que me scintillou no espirito foi o de despertar os nossos companheiros. Mas porque não haviam de morrer tranquillos? Deixei-os.

O brado do arraes fôra seguido de um momento de tremendo silencio: depois senti que o chasse-marée fazia um singular movimento, como galgando pelo dorso de enorme vaga; após isto pareceu-me que subitamente parára, e ouvi de novo falar na tolda. Era a voz de Mr. Graham, o poeta agoureiro e esguio.

Este momento de incerteza foi horrivel. Então conheci bem a verdade de uma phrase de Milton "*a escuridão visivel.*" Nas trevas profundissimas em que estava via o reluzir do mar ao redor da véla branca em que jaziamos; e os olhos da minha imaginação enxergavam através da agua os rochedos de sorvedouros submarinhos, onde os nossos cadaveres deviam dentro em pouco achar uma sepultura desconhecida.

Não sei o como, mas a verdade é que, no meio do terror de morte afflictiva e demorada, me veio á cabeça uma idéa ridiculamente consoladora. Foi esta a imagem de Mr. Graham sumindo-se nas goelas de um tubarão com a sua fabrica inteira de versos, e a meia fabrica de Leeds, que trazia distribuida pelos seus quatro casacões incommensuraveis.

Passou um minuto: passaram dous: passou terceiro; e a nossa véla enxuta, e o baixel perfeitamente tranquillo. A morte, se tinha de vir, era tão lenta e derreada como a melopéa da declamação ingleza.

Porventura haviamos encalhado n'algum banco de areia, porque o chasse-marée evidentemente não abríra; aliás o mar devia ter-nos já sorvido.

Lembrei-me de subir á tolda. Mas como? O logar em que nos achavamos representava uma verdadeira masmorra de castello feudal. O escotilhão por onde desceramos era mais alto do que um homem: além d'isso o estrado da bôca tinha sido ahi collocado, como a campa sobre um tumulo, e em cima do estrado sentíramos

---

1 Textual.

153

lançar uma lona breada para impedir a invasão das ondas que galgavam pelo tombadilho.

Esperei, pois, que amanhecesse, e que então obtivessemos a luz e a liberdade da munificencia de Micer Jean Legris. Entretanto o major parecia mais tranquillo: a quietação do chasse-marée, e a somnolencia da ante-manhan eram apparentemente a causa d'isto.

A alvorada assomou, emfim, no oriente: alevantou-se o estrado, e a luz branda do romper do dia veio allumiar o nosso calabouço marinho com uma claridade frouxa e suave. Não esperára debalde em mestre João: o *seekoenig* concedia-nos o favor de aspirarmos um ambiente puro e livre.

Subi á tolda. O sol surgia como um grande orbe vermelho fluctuante sobre as ondas levemente crespas. No sudoeste uma nuvem negra e ampla parecia firmar-se em pé no horisonte, prolongando os cimos dentados pelas alturas do ceu: era a procella, que fugia varrida pelo nordeste. A superficie enrugada do oceano tinha não sei que semelhante a um gesto humano que sorri. Eu contemplava uma dessas raras alvoradas do navegante, em que no aspecto do mar se lê o nome de Deus, e no sussurro da brisa se escuta o hymno da creação.

Onde estavamos nós? No recife de um ilheu, vizinho das costas de Normandia, cujo nome se me varreu da memoria. A caldeira em que nos achavamos teria tres vezes o comprimento do chasse-marée e ainda menor largura. Olhei para a entrada, e os cabellos eriçaram-se-me ao vê-la. Custava a perceber como o nosso baixel a atravessára sem se fazer em pedaços: era um labyrintho de rochedos agudos quasi indelineavel.

Mestre João Legris, não sei por qual razão nautica, pretendêra fundear junto aos penedos que defendem a bôca daquella abra, até que chegasse a manhan. Ao lançar ancora a amarra se partíra roçando pelas rochas. Este successo desastrado arrancára da bôca do arraes a energica exclamação, que tão terrivel fôra ferir-me os ouvidos no meio das minhas dolorosas cogitações. Felizmente uma vaga monstruosa, erguendo o chasse-marée sobre o dorso, o arrojou por entre os parceis, talvez por cima delles, e nos salvou da morte, que aliás sería inevitavel.

A saída do recife deu mais trabalho aos nossos marinheiros do que lhes dera a entrada. O sol ía já mui alto quando abrimos todas as vélas ao vento. Este era de feição; e dentro em poucas horas aportámos a Granville.

Also available from JiaHu Books:

Lendas e Narrativas – Tomo I – Alexandre Herculano
O Bobo - Alexandre Herculano
Eurico, o Presbítero - Alexandre Herculano
As Minas de Prata – José de Alencar
O Guarani – José de Alencar
Iracema – José de Alencar
Ubirajara – José de Alencar
Mensagem – Fernando Pessoa
Livro do Desassossego – Bernardo Soares
Os Maias (Livro Primeiro e Segundo) - José Maria de Eça de Queirós
Os Lusíadas - Luís Vaz de Camões
Cantares gallegos - Rosalía de Castro
Canigó - Jacint Verdaguer
Terra baixa - Àngel Guimerà
L' Atlàntida - Jacint Verdaguer
Il Principe - The Prince - Italian/English Bilingual Text - Niccolo Machiavelli
The Social Contract (French-English Text) - Jean-Jacques Rousseau
Lettres persanes/Persian Letters (French-English Bilingual Text) - Charles-Louis de Secondat Montesquieu
What is Property? - French/English Bilingual Text - Pierre-Joseph Proudhon

www.ingramcontent.com/pod-product-compliance
Lightning Source LLC
Chambersburg PA
CBHW051835170626
46807CB00003B/1181